INK

Canon 15

哭泣的台灣

看民進黨執政八年

南方朔・黃肇松・高永光・蘇　起・陳一新・蘭寧利
林祖嘉・朱雲鵬・韋伯韜・秦夢群・黃創夏・黃光國◉著

陳國祥◉主編

目次

【人事篇】

陳水扁與民進黨把「國家權力」與「國家資源」看得太大、太了不起，以為可以靠操控來扭轉；又把人性看得太廉價，相信「招降納叛」，「只要有官位，人才到處有」，直到二〇〇八年一月十二日前，陳水扁與謝長廷都還多次公開宣示，民進黨立院可以「喬」過半，正是對資源、權力的迷信心理。

【人格篇】

陳水扁是個「但求目的，不擇手段」的人，他生活中最重要的目的，就是追求自己及其「第一家庭」的榮華富貴，至於他的法律專業，或是他的政治主張，都祇不過是他達到這個目標的手段而已，僅只具有工具性價值，所以他會說過即忘，不會有任何的堅持。

序論一

台灣處在欲哭無淚的啜泣情境中

南方朔（評論家）

二十世紀英美文豪艾略特（T. S. Eliot, 1888-1965）曾寫過一首長詩〈被掏空的人〉，其中有句曰：

> 這就是世界結束的方式
> 不是砰的一聲爆開，而是一串啜泣。

這裡用「泣」、「啜泣」（whimper）這個字。它指的不是號啕出聲的那種哭；而是哀切、悲傷、無望的那種抽噎。啜泣的痛苦程度甚於哭號。

淹腳目的台灣錢到哪去了？

而今天的台灣，我們所處的不就是這種欲哭無淚的啜泣情境嗎？此刻我們有些人在歡歡喜喜的過年，但「兒童福利聯盟」卻用調查數據告訴我們，經濟弱勢家庭有九成四認爲年關難過，其中八成四沒錢過年。特別是打零工爲生的家長，當別人在過年，他們無工可打而困守愁城，他們的子女又怎麼能企求圍爐吃年夜飯呢？有碗帶料的泡麵大概就很偷笑了！另外，專門幫窮苦人殮葬的「善願愛心協會」也告訴我們，生老病死是人生大事，但此刻的台灣估計有上萬人已變得「死不起」，他們死了後連殮葬的錢都沒有！另外我們由稍早前的數據，已知道九十五學年度上學期的國中小學生已增加到十四萬人，年增一萬五千人。所謂的「營養午餐」，不過是月繳台幣四百五十到九百元而已，當學童連這戔戔之數都繳不出來，他們家庭的困窘已可想而知！

由這些欲哭無淚的數據，人們可能就會疑惑起來。以前我們不都一直很洋洋自得的說「台灣錢淹腳目」嗎？怎麼今天竟然連養生送死這麼基本而低限的事，對許多人竟然如此艱難？那些淹腳目的台灣錢都到哪裡去了？

其實對台灣財經形勢，以及政經形勢能夠觀察反省的，都當早已警惕到，此刻的台灣早已陷入了一種人類史上很少見到的「萬能／無助症候群」（Omnipotence/Hopelessness Syndrome）這種情境中。這種症候群是一種高度病態的人格與行爲模式。這種模式以台灣的現況來解釋，那就是：

（一）「萬能」：統治者及他的政黨充滿了權力欲望，並相信自己無所節制而且也不應該有節制的讓他（們）的權力極大化。他們想做甚麼就做甚麼，包括貪腐A錢，違法亂紀，把國家資源這種好東西拿來與好朋友分享。這種自認萬能的心態，使得他們在面對一切與權力有關的問題時，遂格外的亢奮。因此，這種症候其實是和「權力飢渴」互爲一體的。

（二）「無助」：由於其「萬能」的成分與「權力飢渴」互爲一體，這種人和組織當然不可能有「用功」、「妥協」、「容忍」等公共人物應有的品質，他們有的只是「專擅」、「欺壓」、「自大」等反面特性。而我們也知道這種人如果早生一個世紀或兩個世紀，未嘗不可能一意孤行且能隨心所欲。只是那種歷史條件早已成爲過去。台灣老百姓再怎麼善良無知，總還是有一些符合現代規格的是非善惡標準；現代的媒體再怎麼怯懦畏懼，也還是有許多專業價值和紀律要信守。這遂使得他們的專擅所造成的貪腐、無能所造成的崩壞，自大欺壓所造成的違法亂紀完全不可能逃離人們的眼睛凝視之外。這時候，他們自己原本以爲的那種「萬能」即會嚴重受挫，於是「萬能」反面的「無助」即告出現。他們會自我扭曲，而將不能隨心所欲的權力萬能症，歸咎到別人。於是這種「萬能／無助症候群」即會被轉化到最可怕的「恨」這個因素上，只有用「恨」才可維繫他們的權力欲望；只有用「恨」，他們才可以不必改變自己而將一切責任推卸給外界。

政治操作是以「恨」為中心

（三）「恨」：許多無法理解台灣政治的人，總是會對台灣政治人物那麼喜歡搞清算鬥爭而且永不疲憊都覺得不可思議，其實這種病態心理現象一點也不難以理解。台灣的領袖及其政黨自以爲至高萬能。當他們貪腐無能被察覺而受到公評及限制時，非常自然而然的，他們無助之後的「恨」心即告擴張。他們以「恨」爲元素來定義過去，因爲只有恨別人，才可以將自己應有的良心譴責轉移掉；也只有恨別人，恨才可以翻身變成營養，孳育出更多膽大妄行。恨是最好的工具，它可以讓人回到古代，不必再接受現代價值的規範，而能像古代野蠻人一樣去爲所欲爲。

因此，現在有人會用此刻的現象，指出台灣的統治者嫻熟於操縱政黨惡鬥，會指出他們用人浮濫，以至於外行取代內行，「老三寶」和「新三寶」之流的小丑當道；也會指出他們撕裂族群，以圖收割政治利益；還有則是整個財經決策混亂不堪，簡直成了最新版的特權暨黑金體系，……但所有諸如此類的指責與評析，固然都是台灣危機的一環，但所有的一切如果追根究柢，則可發現台灣最根本的問題還是西方所謂的「人格危機」（personality crisis），而「萬能／無助症候群」及由此而衍生出來的以「恨」爲中心的心理，才是關鍵。台灣的外僑商會直指台灣的政治是一種「病態統治」，這種觀點直指核心，才眞是一語中的。而整個統治以病態爲常態，將整個社會帶到反智、反進化的方向。當然也就注定了當今台灣的倒退了。無能、愚蠢、外行，小規模的自私與貪婪這些都是缺點，但並不是大罪，如果能從善改過，反而會是美德；但今天的台灣由於是在「政治人格」上即出了問題，因而邪惡當道，於是無能、愚蠢、外行、自私、貪腐、挑撥反而自認有理。台灣的統治集團有所謂「唱衰論」，那就是無論他們把台灣搞得多麼百孔千瘡，多少人燒炭跳河，但就是不准批評，任何批評都是「唱衰」，都是「中共同路人」，都是「不愛台」。西方有所謂「愛國是流氓的最後庇護所」之論，而對台灣而言，只要換個主詞，就成了「愛台是流氓的最後庇護所」，把「恨的政治」搞到台灣這種程度，不正是一種瘋狂而又邪惡的雛形法西斯嗎？這正如同台灣統治階層的貪腐嚴重，造成百萬紅衫軍走上街頭，而他們的說詞則是「中國人欺負台灣人總統」，貪腐和中國人何干？和欺負又何干？而他們居然能以此種說法來卸責，不正顯示他們自認再怎麼貪腐也無所謂，而將他們的「無所謂」看成「有所謂」的人就是仇敵，這不又是法西斯的另一證明嗎？當人格已變態，政治又怎麼能夠不變態呢？西方學者早已指出過，在民主新興地區，最先登場的通常都會是充滿了貪婪心和變態仇恨心的煽動分子，他們企圖以仇恨與煽動來爲自己的邪惡帝國打造基礎，俾達成爲所欲爲之目的，台灣就是個最堪爲反面教材的榜樣！今天台灣出現一路啜泣的景象，而他們卻企圖踩著人民的哭泣聲一路奔向他們權力極大化的高峰，這種病態統治如果我們不加以阻止，誰又知道人民將還會爲它付出多麼不可思議的巨大代價？

統治成本極大化

因此，今天的台灣已進入了一個「統治成本」極大化的可怕狀態之下。當一個體制出現病態統治，這個體制的維繫、運作，以及被剋扣掉的成本就會無限大。如果分析今天台灣的統治成本，我們就會發現到我們已付出了多麼可觀的道德與價值成本、金錢成本，以及政治社會成本。

首先就道德與價值成本而言，台灣社會從來就是一個具有鄉土人情味，人們重視然諾，尊重誠信，人際關係則強調「相互性」（Reciprocity）的社會。這種社會不是很好，但卻可以讓人覺得溫暖自在，這是一種非常有傳統人性與人味的社會。但這些優良的品質，近年來已被統治者及其政黨搞到了支離破碎的程度。例如我們統治集團那些人從來就只是把語言當成工具，而不理會在政治上語言乃是政治行爲和政治承諾的保證書，於是在他們的帶頭下，語言做爲人與人交往溝通的媒介功能已逐漸喪失，語言成爲鬼扯硬拗和欺騙的工具，而到了最後當李遠哲竟然也說出政治人物可以不履行他所做的承諾時，整個台灣的語言及道德的防線可謂已完全解體，並爲「爲達目的而不擇手段」這種語言打開了大門。台灣曾有個民進黨要人表示過「政治是高明的騙術」，這種騙術終於在李遠哲加持下取得了「可以這麼去做」的背書，台灣的人物花言巧語愈來愈無所謂，搞政治的對信口黃腔，形同小丑的行徑不但不知羞愧，甚至還面露得色；台灣的街談巷議都說「政治人物教壞子孫」；中產階級對子女人品人格還知緊張的媽媽們都禁止子女觀看政治人物大作秀的夜間新聞。所有的這些，都顯示出台灣統治集團的這些人，他們的詭詐、欺騙、惡形惡狀的作秀，甚至公開的打鬥、謾罵、硬拗，對台灣的善良風俗已造成了極大的破壞作用和負面示範作用。

破壞道德如野火燒草原

美國耶魯大學法學教授史蒂芬・卡特（Stephen Carter）指出過，當政者的人格完整性與教養性，對國民有極大的示範作用。雖然統治集團不必是聖人，但至少不能是卑劣的小丑或騙徒。而我對陳水扁及民進黨執政八年最感心痛的，其實並不是成長的減緩或他們A了多少錢。金錢和經濟的損失雖然重要，但只要我們夠努力，很快還是可以賺回來，但道德與價值的破壞，卻會是像野火燒過草原一樣，這種道德廢墟與誠信荒原其遺患無窮，要經過好幾個世代始有可能逐漸矯正回來。美國前總統柯林頓爲了陸文斯基性醜聞案而鬼扯硬拗時，人們認爲他的性脫軌雖然有錯，但他眞正的罪，則是他將語言用作工具而抗辯的那個部分，因爲這才是從長遠看對國家人民道德價值最大的傷害。而台灣已在這種傷害裡浸泡了八年，人心益趨虛迷，整個社會對最必須有的誠信則完全蕩然。當張榮發說要辦一份道德刊物時，整個社會即出現異乎尋常的興奮。它的原因是甚麼？難道不是整個台灣社會對人品、良好人格、教養、人性的渴慕嗎？當代愛爾蘭著名女詩人伊芳．波南（Eavan Boland）曾寫過一首詩〈漂亮話〉。她指出搞政治的沒有誠信，只是爲了權力而鬼扯，語言在他們的利益居心被痛苦的折騰翻滾，而政客的私欲、貪念、仇恨等所有的一切則被隱藏在這些話語裡，最後是：

我們將活在，我們已活在
那被語言所遮蔽的地方，它充滿危險；
我們將成爲，我們已成爲
那邪惡匿藏的國度之子民。

因此，陳水扁及民進黨當政八年，最可怕的乃是他們對台灣道德與價值的嚴重摧毀。他們居心不良，對自己缺乏自重自愛，他們擅於說謊和扯賴，他們動輒以製造人與人的互憎互恨，而後他們就躲藏在這個由仇恨所析離出來的空間裡爲所欲爲。任何人不管甚麼立場，都必須體認到社會是個團體，它禁止被任何政治目的所侵犯，這應該是政治的最基本禁忌。而台灣這些統治集團的人最大的罪惡，卻是侵犯了社會道德這個母體。我們付出的道德與價值成本看起來無形，但那其實是「文革」的台灣版啊！

統治成本估計超過十兆

其次再就有形的統治成本而論，它可以很具體用可計量而有待學術界好好去發揮的金錢成本來表述。

任何一個政府都肩負著富國裕民的基本責任，那麼我們要怎麼去判斷一個政府是否有盡到它應盡的責任呢？我認爲它至少有如下標準：（一）根據過去長期以來歷任政府的平均經濟表現和同一時間周邊國家的表現相比較，它應該有甚麼樣的表現，如果達不到這種表現而反映在國民總生產上的數字就是統治成本的淨損失。（二）在一個政府任內，除了總體經濟上的淨損失外，由於政府還可以藉著出售國有財產、預算赤字、對外借貸（如發行公債等）等手段來擴張成本，這當然也應該算是政治的金錢成本的一環。（三）一個政府任內，尙可藉著財政金融及經濟政策的調控來增加或減少國家財富，這部分的減少當然也是統治的金錢成本。（四）對於一個特別貪腐的政權，由於貪腐已不是個案，而是結構，則這個貪腐結構所造成的非法利得當然也是統治行爲裡的金錢成本。這當然包括國公營機構在內。

而非常令人憤怒和氣惱的，如果根據上述標準來計算，我們將可能會發現陳水扁和民進黨的執政八年，整個台灣爲了他們所付出的統治金錢成本，用比較保守的估計即十兆台幣以上。這個政權可眞是全世界最貴的政權啊！

台北的《中國時報》，在二〇〇七年十月一日的特刊上以「被偷竊的國家」爲題，做了一個詳盡但其實還相當保留的估算。根據該估算，民進黨執政八年，單單中央政府累積的未償債務即由一九九九年的一點三一兆急速攀升到二〇〇七年的三點八七兆，意思是說單單中央政府的負債，過去這八年就是過去國民黨主政時期半個多世紀的總和。如果再加上地方政府債務，則達四兆四七七四億，這也意味著單單中央政府方面平均每個國民就被攤派到十一萬元的債務。立法院長王金平不久前曾說過，七年來台灣總資產縮水三十兆，而中央及地方負債相加已達五兆。陳水篇及這個民進黨政府到底都把這些龐大到有如天文數字的金錢搬到哪裡去了呢？《中國時報》以舉例的方式指出，像核四停建搞掉二三九三億到四千億；油電價補貼一六三〇億，公庫及問題企業打消呆帳八千億；調降金融業營業稅等二千二百億；金融重建基金四千億，無效機場虧損五二一億；上市櫃公司掏空近千億；租稅減免約一兆；平均每年五千到八千億的公共建設有大量的浪費，如各地大量爲照顧兄弟而搞的蚊子建築物即在一・二兆左右，被A掉的至少五千到七千億。這些好幾兆的錢，如果用十年來個人綜合所得稅平均每年二四九八億來計算，這些被偷竊的錢已至少可以讓我們七至十年都不必繳稅。而另外還有一個重要項目未被算到，那就是這八年裡，民進黨賤賣國有土地及國有公司行庫股票至少有一兆四千億。台灣四家金控公司，其資產在八年即翻了八倍，這當然不可能是它們賺來的，而其搬運手法當然與統治集團有著密切關係。

因此，陳水扁及這個政權，在人類歷史上其實已到了極其聳人聽聞的可怕程度。這個政府由於無能，已使得台灣經濟由過去的四小龍之首，不但掉到了四小龍之末，甚至還在東南亞之末。這也就是說，它如果有能，而讓台灣維持動力，則至少每年成長率可以增加兩個百分點，這換算成國民總財富當是數十兆台幣的規模，這是無能所造成的國家及國民損失，它不可能被A進口袋。同樣像核四停建這種錯誤所造成的虧損，也是由國民全體分擔。但除此之外，其他的浪費、勾結、貪汙總計許多個兆，則是涉及到所謂的政治操作了；它和財團勾結，賤賣國產，俾替自己的金權結構打造基礎；它利用公帑照顧兄弟，這種「好東西與好朋友分享」的策略可以打造出它的政經基礎；它運用自己的權力，以慷納稅人之慨的方式扮演分錢及減稅的聖誕老人，乃是最典型的「豬肉桶政治」。這也就是說，台灣老百姓支付了數兆元的金錢，只不過是它的權力基礎而已。不久前媒體指出民進黨的大選操盤手，手上握有超過千億的籌碼可用，這時候人們才恍然大悟！前代愛爾蘭裔英國思想家柏克（Edmund Burke）

即坦率的指出過：「政客都是在做無本生意！」呂秀蓮自己直承「靠一隻嘴而贏得政權」，而贏得政權後即有數兆元可以浪費，可以偷竊，送給好朋友，甚至用這些錢去建造自己的金權結構，這比中了幾十個大樂透還補，這不是無本生意已做到了極致嗎？

每人背負的政府債務十七萬

因此，當今台灣的統治金錢成本，已到了必須去做更詳細，更具體並加以數量化的時候了。這個統治的金錢成本，有相當多的部分都在黑箱內，並不透明，必須用更專業的調查方式始能將其現形。但儘管全貌難窺，縱使對已知部分加以推估，即顯示出這個政府的確已成了台灣全民的重大負擔，甚至還可能成爲我們的噩夢。最近台灣民調，有百分之五十六的人認爲納稅錢被濫用，有百分之五十三的人已開始擔心財政破產。由統治的金錢成本如此昂貴，它其實已提醒了台灣老百姓一個訊號，那就是我們已不能再像以往一樣，認爲政治乃是政客的事。現在的政治已非過去那種天高皇帝遠的政治了。政客及政黨藉著掏空國家而富了自己和自己的親友、政黨，而其代價則會變成國家債務而攤派到每個人頭上。我們可能並不知道，單單這八年，我們每個人無論男女老幼，所背負的債務即已由五萬多暴增到將近十七萬，國家負債的持續暴增，意味著他們是以另一種方式在開動印鈔機，印刷著鈔票，萬一到了某個臨界點，各種因素陰差陽錯，就會引發經濟內爆，你存了大半輩子的錢將突然變成不值錢，這時候「天高皇帝遠」就會突變爲「閉門家中坐，禍從天上來」！台灣經濟的內爆，這絕非危言聳聽，而是已到了全民該特別提高警覺的時候了。

而除了上述統治成本裡可量化的金錢成本外，另有一項至關重要，而且具有中長期效應的，那就是所謂的政治社會成本；在西方，由於政治已趨穩定，它已被簡化成了所謂的「社會資本」（Social capital），而在新興經濟體則因泛政治化程度仍強，因而無論「瑞士洛桑管理學院」或「世界經濟論壇」在做競爭力排名時，皆將其列入「政府效能」項下，其內容主要包括政治風險、社會凝聚力、國家調控能力和財政管理能力，以及公共體制是否良好等。

而非常不幸的，乃是各類機構所做的競爭力排名雖然只是一種不必太過緊張的指標性排名，但無論任何機構的排名，台灣在技術、公司活力等方面皆相當超前，但只要一談到政治與社會，台灣則皆相當落後。台灣的政府無能，政治鬥爭過多，撕裂社會所造成的凝聚力偏弱，其他如支援性的司法保障和治安環境等，則普遍落在評量表的末端。而這些條件在過去八年裡，其實是在持續並加速的惡化中，甚至有可能升級到「風險」的層次，這也意味著台灣由於統治集團的無能、煽動、撕裂、玩弄司法，以及社會貧富差距的嚴重及治安的崩壞，這些政治社會成本的巨大，已使得一個經濟體所仰賴的「社會資本」大幅下滑。美國哈佛大學教授、「社會資本學派」的開創者普特南（Bob Putnam）曾指出，當一個社會相互冷漠與敵意、社會理性度降低、教育惡化、國際形象轉差，它即會使得經濟的無形社會成本以一種難預測的方式擴大。他的這種觀點用來談台灣，其實是最爲精準不過了。

統治效能低落不彰

過去八年來，台灣的政治成本急速在擴大之中，我們的行政管理系統早已行之有年，已有了相當的專業性，但這個政府高度的泛政治化和講究裙帶式的效忠，於是外行領導內行，凡有重大事情專業管理官員都在狀況外的情事遂成了常態，久而久之，專業管理體系已開始自動放棄，行政系統遂告癱瘓化。由於它在政治上講究利益交換與勾串，當然也就無法形成條理一貫，可預測性極高的決策模式；而最致命的，則是意識形態掛帥及泛政治化的鬥爭，已使得國家形同被整整的切割成了兩塊。再加上貪汙腐化的上行下效，台灣政治社會的崩壞以及預警系統早已失靈。今天的台灣早已沒有了能幹的官僚體系，只剩下被動的看臉色辦事的應付型公務人員，由於超越政商利益的專業階層消失了，於是我們的經濟財政政策，遂都被從事政商勾串的政治商人所包圍。舉例而言，台灣出口商包圍貪婪政客，於是我們遂採取壓低台幣匯率以利出口的政策，其結果乃是一旦美元貶值，原物料價格上漲所造成的「油通膨」（Oil inflation）及「農通膨」（Agri-inflation）出現，台灣即出現讓百姓普遍受害的接近兩位數的物價壓力。台灣的官吏與建商證券商勾串，遂在政策上拉低利率，迫使民眾將儲蓄轉成投資，包括投資股市和房市，這在炒高了房價後使得升斗小民嚴重受害。再加上這個政府以「反中」「反華」爲意識形態，企圖用對外挑釁，對內塑造對立的方式來收割政治利益，這當然使得台灣經濟機會降低，前景看淡，中低受薪階級受害最大，它連帶的也造成了貧富差距的M型化，以及社會所得五等份裡那兩個下層的等份，即百分之四十的人口已正式進入所得降低，入不敷出的窘境。我們所謂的「中年失業」，所謂平均每年破產公司家數三萬五千家，二〇〇七年更高到破產超過四萬家，都出在這個階層。台灣人口已有百分之四十正在變成窮人或即將變成窮人！

有一個數字非常具有啓發性，那就是根據英國「美世人力資源顧問公司」調查，全球生活費用最昂貴的城市排名，台北以前第廿八，現已降至四十八，北京二十，上海廿六。看了這個數字眞不知是讓人該喜或該憂？台北排名急降，是我們該喜歡它讓社會變公平了，以至於生活費用變便宜了呢？或者是台灣大家都窮了，以至於生活費用變低廉了？一個城市生活費用太高，很難說它是個健康城市，但若急降，則大概更不健康。當一個城市走向貧窮，別的城市由於快速發展而逐漸變貴，它所顯示的其實是那個走向貧窮和便宜的城市已開始漸漸有凋敝之虞。正如同假設我們所得每年持續在增加，則物價再漲我們也不會擔心。我們擔心的是所得停滯而物價急漲，那就眞是一片哀鴻遍野了。這也就是說在陳水扁和民進黨主政這八年，他們由於無能而讓我們應得而未得的成長損失高達數十兆；他們因爲貪腐、錯誤、策略不當而讓我們被偷竊了數兆，而他們竟然毫無建樹。如果再讓他們執政四年，台灣大概就難免眞的要一聲砰的爆開了。台灣的「歐洲商會」以前只是說「台灣將喪失競爭力」，現在則早已明言「台灣已喪失競爭力」。台灣一群綠色新富新貴由於有數兆元金錢做商機或相互朋分花用，因而愈來愈有錢，但更多人則在變貧窮之中，而最可憐的當然是下層階級的老人與小孩。他們的啜泣聲早已成了好幾里長的啜泣洪流了！

因此，台灣的統治成本裡，道德與價値那一部分，它是屬於骨骼性的部分；政治與社會的成本部分則是肌理性的部分；而統治的金錢成本則是肉體性的部分。民進黨當政八年，台灣已被他們搞得骨骼疏鬆，形同得了骨骼疏鬆症和關節炎；我們原本強壯的身體已被他們搞得疲憊不堪，明明以前是個壯碩的人，現在則漸漸形銷骨立。我眞的不知道稍有一點良心的人，怎麼還敢爲這樣的政權辯護？他們對台灣愈來愈多人在受苦眞的已完全無動於衷嗎？他們由於有數兆元可以分配而過著好日子，但更多窮人呢？

這八年是「文革」的縮小版

台灣經過八年，它其實眞的很像是「文革」的縮小版。它以仇恨取代愛，以意識形態取代常識，用鬥爭取代正常工作。因此這八年其實是台灣空轉，吃著老本的八年。過去台灣兩代半個多世紀的經營所奠定的基礎，已被他們蛀壞。我們不必去扯甚麼制衡不制衡的似是而非歪理，我們只是要問這樣的政黨還値不値得繼續執政？我們還有幾兆可以讓他們揮霍嗎？整個台灣都在哭泣，誰知道他們執政後整個台灣會內爆大哭，最後成了「台灣淚淹腳目」呢？

老俄羅斯曾有句禱詞：

「主啊！請賜我力量來改變那應該可以改變的。主啊，請賜我耐力，來忍受那不能改變的。而主啊，最主要的還是請賜我智慧來區分這兩者的不同！」

今天的台灣就到了這樣的分水嶺，我們該起而奮力改變它呢？或是認定這是我們的命而去忍受它？但願天主能賜給台灣人民那明辨是非的智慧！

南方朔，評論家，本名王杏慶，曾任《中國時報》記者、《新新聞》週刊總主筆。

序論二

終結誠信危機，重建競爭活力

黃肇松（新聞工作者）

十年，一個decade，三千六百五十二個日子（含閏日），它可以讓一個初生嬰兒長成爲具有活力的孩子，也可以讓十歲的小孩發育成爲初具競爭力的青年，更可以讓二、三十歲的青年變成能夠承擔社會重任的壯年人。那麼，這段不算短的歲月，台灣是變得更強壯？更有活力？更富效率？更具競爭力？社會更和諧？人民更富裕？更幸福了？

南韓八年成長七十%　台灣成長十五%

答案是否定的。數據比比皆是，舉一個我們的鄰國家來比較。民國八十九年政黨輪替之初，台灣每人國內生產毛額（GDP）是一四、五一九美元，同年南韓是一〇、八五二美元；到去年十二月，根據行政院主計處的統計，台灣是一六、七八六美元，而根據「經濟學人智庫」的預估，南韓爲一八、四五〇美元。八年之間，南韓成長七十%，台灣成長十五%。

肯定有人會說，這是「特例」，台韓國情不同，經濟發展形態迥異，不應作此比較，是唱衰台灣。那麼，就讓我們用更全面、更周延、更細緻，也更深入的數據來作比較，來探討台灣是往上提升、還是向下沉淪。

而且，從「大歷史」的觀點，比對時間相對較長，意義更大，也更具統計學上顯著與否的價值。筆者整理出當今有關全球競爭力評比的調查中最負盛名的「瑞士洛桑國際管理學院」

（IMD）和「世界經濟論壇」（WEF）的世界競爭力排行榜過去十年台灣排名的變化。歷史較悠久的洛桑管理學院的排行榜中台灣的名次是：一九九八年第十六名、一九九九年第十八名、二〇〇〇年第二十二名、二〇〇一年第十八名、二〇〇二年第七名、二〇〇三年第六名、二〇〇四年第十二名、二〇〇五年第十一名、二〇〇六年第十七名、二〇〇七年第十八名。

IMD競爭力排行榜

年份	名次	年份	名次
一九九八	16	二〇〇三	6
一九九九	18	二〇〇四	12
二〇〇〇	22	二〇〇五	11
二〇〇一	18	二〇〇六	17
二〇〇二	7	二〇〇七	18

同樣位於瑞士的世界經濟論壇，早年是與ＩＭＤ合作，由於雙方對競爭力的定義看法有別，而自一九九六年起另立門戶。在ＷＥＦ的排行榜中，過去十年台灣的名次是：一九九八年第六名、一九九九年第四名、二〇〇〇年第十一名、二〇〇一年第七名、二〇〇二年第六名、二〇〇三年第五名、二〇〇四年第四名、二〇〇五年第八名、二〇〇六年第十三名，而二〇〇七年十一月才公布的當年的排名，台灣比前一年又跌了一名，成爲第十四名。

ＷＥＦ競爭力排行榜

年份	名次	年份	名次
一九九八	6	二〇〇三	5
一九九九	4	二〇〇四	4
二〇〇〇	11	二〇〇五	8
二〇〇一	7	二〇〇六	13
二〇〇二	6	二〇〇七	14

兩大競爭力調查　台灣排名持續下滑

儘管洛桑管理學院和世界經濟論壇兩機構對競爭力評比標準不同，導致每年的評比結果有不小出入，但比較兩個排行榜過去十年有關台灣的排名，卻有驚人的相似之處。其一，二〇〇〇年IMD台灣排名遽降至第二十二名，WEF也首度跌到前十名之外的第十一名，原因是台灣在那一年經歷了空前激烈的「三國鼎立」的總統選戰和史無前例的政黨輪替，說明政治的動盪會影響國家整體的競爭力。其二、經過二〇〇一年的休養生息，台灣的競爭力，在其後兩年，於兩個排行榜中都締造了前七名內的佳績。

然而，好景不常，IMD的台灣排名從二〇〇四年開始反轉，比前一年一口氣跌了六名，成為第十二名，到二〇〇七年跌到第十八名，總計在四年之中跌了十二名；而世界經濟論壇的台灣排名在二〇〇四年再創第四名的佳績之後，翌年跌至第八名，二〇〇七年跌到第十四名，總計在三年之中跌了十名。兩個世界聞名的全球競爭力排名，台灣都在持續下滑，已經是不爭的事實。如果不是台灣高科技產業發展純熟，因而「企業效能」及「創新競爭力」等因素還在力挽狂瀾——諸如IMD調查顯示台灣產業聚落發展指標二〇〇七年排名為全球之冠；行動電話用戶數為世界第二等等表現，否則，競爭力的排名還會掉得更多、更快。

洛桑排行榜　中國大陸首度超越台灣

我們的排名明顯滑落，別人呢？在WEF的排行榜上，中國的表現不是特別突出，二〇〇七年是第三十四名。較前一年提升一名，但較二〇〇五年則大幅提升了十四名，亞洲四小龍的新加坡、香港、韓國在二〇〇七年的排名皆在台灣之前，尤其南韓由前一年的二十三名挺進至第十一名，首度超越台灣，值得重視。而在IMD二〇〇七年的榜單上，香港、新加坡的排名「依例」大幅領先台灣，更值得重視的是中國在二〇〇四年排在第二十四名，二〇〇五年調查時，因企業界「質疑中國大陸急速擴張的持續力」，當年排名大幅退步到第三十一名；但二〇〇六年卻躍升了十二名，至第十九名，緊跟在台灣之後；二〇〇七年更進步到第十五名，在全球各項競爭力的指標中，大陸首度超越台灣。而一向在榜單上並不熱門的印度，近年來排名節節高升，隱然有進逼台灣之勢。學如逆水行舟，不進則退，國家競爭力的經營亦然。

政府相關主管部門官員面對競爭力排名持續下滑的趨勢，經常發言「提醒」，類似排名調查因爲涉及評比指標很多，選擇標準不一、評估條件複雜，國人大可不必太在意名次的前進後退，一些專家亦持類似看法。這些論述固有其言之成理之處，但在「全球化」急速進行的當下，有競爭力的國家還不一定能夠永續發展，沒有競爭力的國家必然遭遇重重困難，殃及人民。過去幾年，台灣競爭力的持續下跌，一方面顯示中國大陸蓬勃發展，香港及新加坡持盈保泰，南韓實力後來居上，而台灣卻日益減弱的事實，另方面ＩＭＤ及ＷＥＦ兩大評比調查機構持續發表對我國不利的調查結果，絕對會在許多場合影響國際對我國競爭力和經貿實力的評價，甚至產生負面影響。它們的調查方法和評比指標容有討論的空間，但基本上是全體性和一致性的，不會特別針對台灣，故意唱衰台灣，否則，若干年前，台灣在這兩個競爭力排行榜上名列前茅之時，我們引以爲榮信心大增，又該作何解釋？

排名下滑　影響國際對我經貿實力評價

作爲競爭力調查的主導機構ＩＭＤ及ＷＥＦ，對榜單上的國家名次升降，所表現出來的態度冷暖，也值得玩味。ＩＭＤ二〇〇二年四月底公布當年排行榜，台灣的排名激升到第七名的歷史新高，洛桑管理院在當年年底派三位知名教授桑德堡（Lag Sandborg）、杜賓（Dominique Turpin）及雷門（Jean-Pierre Lehmann）到台灣實地訪察，並接受工商協進會理事長黃茂雄的邀請，與國內企業界人士進行深入研討；翌年，我們的排名進一步提升到第六名，該院院長羅蘭吉（Peter Lorange）更在二〇〇四年初親自來台，仍由工商協進會安排在台中、台北發表專題演說，並與企業界菁英座談。兩次活動，筆者都有幸受邀擔任主持人，躬逢其盛，與有榮焉。其後，我們的排名遽降，是類活動似已中止，春江水暖鴨先知，而秋江水涼鴨也不會後知的。你名列前茅，IMD與我們有許多可談的，你持續掉到第十七名、十八名，那還有什麼好談的呢？反倒是去年年底全球商管教育圈，廣爲流傳一則新聞——洛桑管理學院挖角跨國集團雀巢公司的大中華區執行長穆勒（Joseph Mueller），出任該學院大中華暨亞洲市場的駐地執行長。其間冷暖，應不難體會。而世界經濟論壇與台灣交流的冷熱，與我們排名的前後，亦有類似的關聯。

影響所及，在台灣的「歐洲商會」二〇〇六年底所公布的政策建議書，提到台灣已喪失競爭力，並變成區域的「呆帳中心」；過去兩年，美國商會也苦口婆心的提出類似的警告及建言。而年前來台訪問的全球規模最大的資產管理公司布拉克羅集團（Blacklrock Group）董事長卡蘭（Thomas Callan）甚至進一步指出，一向以科技島著稱的台灣，在外資眼裡，似乎不再具有那麼大的吸引力，必須發展更有競爭力的跨國性產業。如果布氏的觀察無誤，是不是顯示一向被我們視爲靠山的創新高科技，也開始動搖了呢？

評比指標重視社會信賴核心價值

台灣競爭力的持續下跌，如果用歐美日益受重視的新興的「社會資本論」來剖析，問題更嚴重。此一理論是強調支持經濟活動的所有非經濟網路。它在傳統的「金融資本」、「人力資本」等之外，把整個「社論結構」（social fabric）也視爲是一種資本的形式，深入探索經濟成長與財富累積背後的有關社會、制度、感情的要素。「社會資本論學派」並非是當下全新的學派，英國經濟學家亞當．史密斯（一七二三—九〇）在「國富論」裡說過：「在一個施政完善的社會，吾人可以看到全部的財富。」他的核心理論就在探討進步與國富的關係，甚至更強調社會進步與社會價值的部分。

只是，亞當．史密斯的這個重點、這個核心，被後人忽視了，「社會資本論學派」就要把這個被遺忘的部分重新找回來，讓人的價值與社會價值與經濟結合。它涉及社會整合、社會凝聚及價值變化，當然也涉及政府的效能、政治的廉潔和政治的穩定等等。質言之，「社會資本論」在解釋「競爭力」上，比其他說法更具前瞻性，也更有說服力。

筆者認爲，何以洛桑管理學院和世界經濟論壇的世界競爭力評比被認爲較富公信力和說服力，就在於他們的評比指標採用了社會資本論的核心理論，除了總體體制、基礎建設、財政風險、金融機構透明度、市場效率、經濟改革需求、企業態度、創新……等經濟評比指標大類之外，也重視有關社會價值與社會進步的評比指標，包括：政治穩定度、政府效率、政策品質、法律規則、政治人物誠信、政府廉潔度、社會信賴、社會凝聚力……等等。

缺乏互信　戕害國家競爭力提升

基本上，過去幾年台灣競爭力最強的是創新及專利發明的項目，幾乎已到「獨撐大局」的地步，其他總體體制相關的經濟、財政、預算、教育、交通、外交、兩岸、政策品質與效率……等等的競爭力，各有其問題，在本書中均以專章討論。筆者以新聞工作者的觀察，近年來腐蝕台灣競爭力，造成排名跌落的最主要的因素是社會互信的缺乏，塑造了信任危機的年代，人對人的相互義務感已經淪落，取而代之的是相互的憎恨與敵視。要知道，互信原是社會的核心價值，互信淪喪，不僅是社會問題——造成對立；也是政治問題——造成政治動盪不穩；更是經濟問題——造成企業效率的降低與成本的提升，其結果不僅企業獲利能力受傷害，更戕害國家競爭力的維繫與提升。此所以諾貝爾經濟獎得主羅勃．艾勒將「信任」形容為「經濟活動必要的潤滑劑」（essential lubricant for economic activities）的道理。

甫過世的美國著名經濟學家兼社會評論大師蓋布雷斯（John Kenneth Galbraith）在一九九

〇年出版《自滿的年代》（*The Culture of Contentment*）指出，七〇年代到八〇年代，在資本主義、民主政治的社會中──以美、英爲代表，中上層社會成爲既得利益者，隨著生活日益富裕安定，他們開始時勤奮工作的自尊自信，逐漸變成自利短視的自滿心態，進而壟斷了主流文化，主宰了社會規範，也造成下層社會對中上層社會的不信任。但社會不知反省的結果，蓋布雷斯教授四年後再出版《不確定的年代》（*The Age of Uncertainty*）指出，從八〇年代到九〇年代初，自滿變成了不確定。西方國家固然更富，第三世界的窮國更加窮困，但西方國家的財富非但不能解決問題，反而是社會問題叢生而進入了「不確定的年代」。然而人類社會仍然不肯誠心反省，結果是進入二十一世紀的「不信任的年代」（The Age of Mistrust）。

在高度不信任的氛圍中共同生活

若干年前，曾經在英國BBC主講一季「我們爲什麼不再信任」電視專題講座的英國劍橋大學紐翰學院（Newnham College）院長的歐妮爾博士（Onora O'Neill）這樣形容英國的「不信任」的社會：這是一個欺騙的時代、不信任的年代，習慣欺騙與被騙的人，如今都在高度不信任的氛圍中共同生活。許多（英國）人聲稱不再信任公共事務、公家機構以及負責經營它們的那群人了。政治人物、記者、律師、醫生、企業領袖等「專業人士」被投以猜疑的眼光，他們說的話被大打折扣，他們的動機則受到高度的質疑。無論這種信心危機是確實存在，或只是一般人的感受，此一危機都已經弱化我們的社會和民主，傷害了個人、社會和整體國家的競爭力。

把場景搬回台灣，把聚光燈投向台北。歐妮爾院長描刻的景象是不是歷歷在目？她的忠言，我們是不是也耳熟能詳？我們有沒有反省？反省得夠不夠深入？如果作一些反省和檢討，是不是又會被認爲唱衰台灣？

政治在民衆高度疑慮氛圍中運作

首先，讓我們引述政治學大師胡佛教授主持的「東亞民主化與價值變遷：比較調查研究」計畫，在「不信任的年代」剛開始的二〇〇一年間所作的調查結果：「不信任政黨」的台灣民眾近七成，「不相信國會」者有六成五，「不相信政府」的人近五成。爲何不相信政治人物？認爲政治人物以公權力遂行個人私利中飽私囊是主要原因之一。認爲「多數地方政府官員貪汙」的人高達五成六五，認爲「多數中央政府官員貪汙」的民眾亦高達四成七五。就胡教授的調查結果顯示，歐妮爾博士描繪的「習慣欺騙與被騙的人在高度不信任的氛圍中共同生活」的景象，確實也存在台灣。而我們的政治，從地方到中央，從政黨到政府是在民眾高度疑慮的氛圍中運作的。

如果有人認爲，這項調查已歷時六年多，情況是否已有所改善？那你認爲呢？這段時間，有十餘位政務官涉貪汙被起訴，是不是間接說明民眾的疑慮確實是「合理的懷疑」。進一步，讓我們引述世界經濟論壇二〇〇八年一月十七日在日內瓦發布，由蓋洛普公司在全球五十九國所做民意調查顯示，八成台灣人認爲政治人物不誠實（沒誠信），不信任度在所有調查的國家中居第九位。與台灣同登「不誠實」十名榜的都是拉丁美洲、非洲國家。「榜單」附後：

WEF對全球五十九國民衆調查表

認爲政治領袖不誠實的比率					
1	哥倫比亞	9	6	利比亞	86
2	巴拉圭	8	7	柯麥隆	84
3	玻利維亞	8	8	印度	82
4	厄瓜多爾	87	9	塞內加爾	80
5	肯亞	86	9	台灣	80

民衆認為政治人物不誠實比率高

蓋洛普調查結果還顯示，認爲台灣的政治領導人權力與責任過大的比例高達七成四，在亞洲十三個接受民調的國家中排行第一。認爲政治人物「行爲不道德」的比率，台灣也有六成六，僅次於巴基斯坦的六成七，而名列第二。在台灣，大家最信任什麼人？信任老師的有五成三居首位，宗教領袖四成七第二，商業領袖二成六第三。信任度最後一名依然是政客，倒數第二名是記者。此次，蓋洛普並未在中國進行民調。

此外，還有一可以對比的調查結果，值得一提。香港愛德曼公司在一年多以前在港、星、澳、韓、印度、台灣及中國大陸等十個地區進行「信任度調查」，在台灣無論是政府、非營利組織、企業或媒體，所獲得的民眾信任度，皆爲最低，與區域內平均分數亦相去甚遠，該份報告給台灣下了一個註腳：「台灣民眾充滿了高度懷疑」。

台灣存在誠信危機、信任危機、信心危機

總的來說，多年來由於領導人言行不一，官員口無遮攔，政客輕諾寡信，決策反覆無常，政策前後不一，貪贓弊案層出不窮，造成台灣人民不再信任政治人物，政治在人民高度

懷疑的氣氛下蹣跚而行，人民用民調和選票表達一個事實：台灣確實存在誠信危機、信任危機和信心危機，當人民對最高領導人以百分之十八的低支持率表達「信任評估」之時，總統與渠矢志服務的廣大人民之間的一種必須存在的相互信任已亮起紅燈，而「信任」是政治運作過程中極其重要的元素。兩千五百多年前，孔子答他的得意門生子貢提問時指出，治國需三件東西：「兵、食、信。」必不得已而去其一，則先去兵，其次去食。「信」則必須堅守，因爲「民無信不立」。用我們台灣本土的語言來說，就是「沒信用」，就沒路用。歐妮爾院長在BBC的電視講座中也指出：孔子的思想迄今仍深具說服力。當阿富汗塔利班的民兵失去信心而潰散時，武器（兵）有什麼用？（伊拉克的「皇帝總統」海珊亦然）相反的，像第二次世界大戰的英國，政府和糧食配給制度受到人民信賴，那麼即使糧食奇缺，也不會動搖國本。

社會凝聚才能提振競爭力和行動力

政治領導人的誠信危機，讓社會充滿信任危機，不僅造成人民對政治的冷漠、對媒體的懷疑、對專業人士（醫生、律師、會計師、銀行家及企業家）的不信任；更造成社會的不安、人際關係的緊張，相互懷疑代替了相互信任，相互計算代替了相互義務，社會無法凝聚，那麼誰還有心思、智慧和精力去維繫和提升社會國家的競爭力和行動力，當然也必定對經濟發展造成傷害。WEF二〇〇七年競爭力評比，在受評比的一三一國之中，台灣的銀行健全度跌落至一一四名（中華商銀弊案導致擠兌風暴的社會不信任事件是主因），「金融市場成熟度」降至五十八名（政治力介入金融機構的整併及運作），或有人認爲這是突發事件，不會年年發生，但是年年都在的象徵社會價值和社會進步的「體制」相關的項目，台灣退步七名爲第三十七名，包括大眾對政治人物的信賴（第五十七名）、司法獨立（第五十三名）、小股東權益的保障（六十九名），勉強維持在「中段班」，拉低了我們的競爭力，即使我們一向引以爲傲的整體經濟，也滑落四名而爲第廿六名，台灣經濟奇蹟的褪色，當然與政治的動盪紛擾和社會的信任危機有直接的關聯。

同樣的，細看IMD二〇〇七年競爭力評比，在五十五個受評比的經濟體中，台灣總體經濟表現差強人意（十六名）；政府效能（二十名）及基礎建設（二十一名）則徘徊在中段班；大幅拉低了台灣在排行榜名次的則是誠信、互信、安定、相互義務等與社會進步有關的「社會資本」的評比項目，包括政治穩定度（含對政治人物的信任，第五十一名）；政策一致性（含決策的誠信，第四十八名），都已經在榜尾，令人憂心。影響可及，企業界「行爲態度及價值觀」一口氣掉了十三名。再次說明「誠信」、「信賴」、「信用」、「互信」等社會的核心價值與國家競爭力的直接而顯著的關係。

企業未因總體面欠佳喪失鬥志

台灣的競爭力還有向上提升、重振雄風的機會嗎？確實有不少關切台灣經濟的外國專家指出：「業界有一股不安的情緒在蔓延」，憂心在重重限制下，「社會資本」崩壞，競爭力繼續下滑，讓包括金磚四國在內的後來者追趕過去了。然而，我們不應該悲觀，也沒有悲觀的權利。雖然不少人對台灣總體經濟有所擔憂，然而在個體面上，台灣的企業已做了準備，並了解在全球化的挑戰之下，所該做的布局。他們擁有活力與創新力，也積極應變，沒有因總體面的欠佳而喪失鬥志。企業既能如此，朝野實在應該建立共識，塑造扭轉中國大陸在IMD競爭力排名領先台灣的強烈意志。果爾，洛桑管理學院在二〇〇七年的評比報告中其實已給台灣提振競爭力開出的基本藥方：台灣必須積極培養第一流人才、持續加強專利研發維持創新優勢、加強公司治理、推動金融財政改革及透明化、維持兩岸經貿關係的穩定發展等。

這些都是「經濟資本」、「金融資本」和「人力資本」等面向應興應革之事，但提振台灣的競爭力，更不應該忽略「社會資本」面向。由於台灣社會這幾年充斥誠信危機和信任危機，人對人的相互義務已經式微，造成「社會資本」的崩壞，用亞當·史密斯的說法，我們這個社會容納財富的容器已在快速變小之中。如果在短期內台灣不在這方面作大幅度調整，即使總體經濟改善了，仍難逃競爭力下挫的命運。而這個「大調整」就是要終結誠信危機，舒緩對立、猜疑、憎恨、敵視的社會氛圍，說話算話，重建互信，能以互相肯定代替相互否定。總之，必須找回台灣的核心價值——信任，競爭力和行動力的提升才有希望。

以互相肯定代替相互否定　重建互信

重建互信有那麼重要嗎？當然。就像歐妮爾博士所說的，不只統治者和政府必須重視信任。事實上，每個人、每種行業、每個機構和每個組織，在每一天，都需要「信任」，因爲我們必須相信，當別人（不管是領導人或一般公民）說他會做某件事時，他會言而有信，眞的做到。我們也需要別人相信，當我們說會做某件事時，眞的會去做。社會不就是應該這樣運轉的嗎？如果你要說「政見不一定都要兌現」，那當初根本就不應該提出來。

重建互信，有那麼困難嗎？不必然。因爲，不管社會氛圍如何充滿懷疑、猜忌，乃至其他國家的人以「懷疑之島」來形容我們，但我們善良的人民仍一直在主動相信別人。無論衣食住行，無法自己生產，我們仍然信任別人的服務。身體違和，即使有點不放心，我們還是會相信某一藥廠所生產的藥品。對政治人物的操守及政府的決策品質，即使不放心，但絕大多數的人仍會尊重政府的公權力。對別人給你的信任，你回報以把事情做好，也贏得別人的信任，那不就是互信嗎？

全民嚴格監督政治領袖誠信問題

比較難掌握的是政治領導人能否貫徹誠信的問題——因爲牽涉到政治，任何事情涉及政治利益的考量，就複雜化了。當今全世界之所以普遍存在「反政治」、「反領袖」的現象，就是因爲許多政治領袖缺乏誠信，亦無能力，卻擁有愈來愈大的權力，甚至可以動員國家機器來保護一己之私，道德已不在他們眼中，何況是國家競爭力？然而在台灣，要重建社會互信，又必須由上而下，高位者包括總統、副總統、院長、政黨領導人、立法委員都要做榜樣，尤其是總統，他（或是她）是不分族群的全體人民的總統，動見觀瞻，就是韓愈所說的「風俗之厚薄奚自乎，自乎一二人之心之所向而已」的這一人，還沒有第二人。這「一人」如果在領頭惡鬥，誠信蕩然，人民怎麼會有信心呢？社會如何能重建互信呢？又如何能避免國家競爭力的往下沉淪呢？了解這層道理，對最高政治領導人的誠信，全民必須持之以恆嚴格監督，如有偏差，導致社會發生信任危機，危及人民幸福，那就用手中的選票表達人民的不滿。

北歐經驗證明信賴是最佳投資

其實，談到「政治利益」，政治領導人可能有所不知，「信賴」往往是回收最高的「投資」。芬蘭、瑞士、荷蘭、丹麥、瑞典、挪威、冰島這些國家，沒有一國的人口數是超過台灣的，但在IMD和WEF的競爭力評比中都名列前茅。在全球化如火如荼進行的廿一世紀，這些北歐中歐小國何以異軍突起？就是掌握了誠信治國、清廉行政的關鍵。在台灣往往求之不可得的誠信與清廉，在這些國家卻是政治人物的「人格要素」和施政的「基本條件」，它們累積了強大的「社會資本」，在各個競爭力評比調查中的「信賴」指標，都高踞全球之首。領導人沒有誠信問題，人民彼此信任、相互支持，法令簡明配套完整，效率提升成本降低，所有與它們打交道的國家都樂與交往，共創福利。它們不需要探討什麼競爭力，就已經有了競爭力。「信賴」的「投資報酬率」，還需要懷疑嗎？

就讓我們誠心學習這些小而美的國家，終結誠信危機的夢魘，重建我們的競爭活力，眞正爲廣大的人民造福。

黃肇松，新聞工作者，曾任《中國時報》總編輯、《中國時報》社長，現爲中國時報文化事業公司常務董事。

憲政篇

憲政體制的維繫與運作備受威脅

高永光（政治大學社會科學學院院長）

公元二〇〇〇年，陳水扁以三十九・三％的選票，在國民黨分裂成連戰及宋楚瑜各自參選的三雄競爭下，以相對多數而未獲得過半數選票的支持下當選總統。當時在立法院中，國民黨仍有過半的席次。

因此，二〇〇〇年陳水扁當選總統，雖說是因爲國民黨分裂，使他僥倖贏得選舉；但一般民眾乃至於憲政民主專家學者，仍寄予厚望。學術界甚至於引用政治學者杭亭頓（Samuel P. Huntington）的第三波民主理論，認爲台灣歷經了一次和平移轉政權的政黨輪替或「政治翻轉」（turn-over）；而只要再多一次的政黨輪替，完成二次的「政治翻轉」（two turn-over），台灣的民主政治就進入了「民主鞏固」（democratic consolidation）的時期。

因此，二〇〇〇年陳水扁的當選，可以說是台灣民主化發展，朝向是否能進入「民主鞏固」的里程碑。陳水扁面臨的是一個可以創造台灣憲政民主穩定發展的偉大歷史時機。如果他能把握這個歷史時機，創造台灣民主進步，憲政鞏固的堅實基礎，絕對可以在台灣的民主史上留名千古；其成就恐怕會被認爲超越了啓動民主改革的蔣經國總統，以及終結威權政體的李登輝。

但是，陳水扁及他的民主進步黨，自己失去了這個創造歷史的機會；相反的，他和民進黨反其道而行，屢涉違憲、違法之嫌，導致台灣憲政體制混亂，民主失序，法治紊亂，也造成了政黨惡鬥。八年來，憲政民主的大倒退，印證了一些認爲民主化會走回頭路（democracy reversible）的學者觀點。

違反多數統治的民主ＡＢＣ

陳水扁當年以少三九．三％的少數選票當選，假若台灣是內閣制國家，他必須尋求立法院中的其他政黨，形成過半數（五十％）席次的執政聯盟，才能順利執政；而若是在半總統制國家如法國，則必須尊重國會中的過半數席次的政黨或政黨聯盟所推薦的總理人選，這是民主政治的ＡＢＣ。

陳水扁剛當選時，表面上不敢違背多數民主原理，因此喊出「全民政府」的口號，讓大家誤以爲他會尊重立法院的多數黨。緊接著他公布了行政院長的人選是前國民黨政府時期的國防部長唐飛。陳水扁挑明了唐飛組閣不是「聯合政府」。很明顯地，陳水扁是想利用唐飛國防部長穩住軍方，也對國民黨原本期待是多數統治的世界民主慣例，擺出來的虛晃一招。

理論上，如果陳水扁能開啓少數黨總統和立法院多數黨協商或會商方式，決定閣揆人選以及組織政府，那麼他將創下台灣憲政民主的一個模範先例，也會成爲中華民國憲政發展史上備受肯定的總統。事實證明，他不僅不尊重立法院的多數黨，完全違背民主政治多數統治的原理；他還想效法歷史上專制統治者的方式，一手掌握所有政治權力，甚至於連自己的黨（民進黨），他也不放在眼裡，總統府的決策完全出自其一人之手。在民進黨（總統）府、（行政）院、黨三方面經常不搭調的情況下，陳水扁勉強成立了包含府院黨重量級政治人物的決策九人小組。但事後的一切，證明這也是他想獨享政治權力的把戲。所以，陳水扁把中華民國的「雙重行政首長制」的精神完全玩弄於股掌之間。

少數黨政府下的行政院長是絕對無法得到代表民意的立法院多數黨或多數聯盟的支持。因此，儘管修憲後，行政院仍是全國最高行政機關，但在陳水扁獨攬政權，不尊重多數統治的民主原理，以及修憲後仍應是「雙重行政首長制」的精神，完全被陳水扁摧毀。結果是獨享權力的陳水扁不必爲任何政策的失誤或錯誤負責，而代替總統受過的行政院長，個個成爲「短命內閣」。內閣的不穩定，使得政策施行沒有延續性，每個人上台都只能聽命於陳水扁。結果是政府空轉，施政沒有效率、效能，中華民國的發展不僅停滯，甚至於發生了政治學者所最擔心的政治衰敗（political decay）。

違背政治誠信原則，破壞政策延續性

公共政策的延續性也是民主政治的ＡＢＣ，以美國爲例，共和黨總統所做的決定，如果依據的是國會所通過的法案，而且還逐年編有預算，除非國會重新做出不同的決定，否則，行政機關有義務繼續推動。以核四爲例，這是立法院通過的長期公共政策，非核家園雖也是當前普世的運動，但是，停建核四所可能產生的經費損失，必須全民來埋單，豈能不慎重。

陳水扁二〇〇〇年五月上任後，釋出朝野協商的「善意」，邀請在野黨領袖入府商議國事；但另一方面，卻已經決定停建核能第四座發電廠。二〇〇〇年十月二十七日上午，陳水扁邀國民黨主席連戰商議國是，在會面時，陳水扁尙不反對連戰所提續建核四，停用核一、核二的建議。但當連戰步出總統府時，張俊雄院長宣布核四停建。媒體當時評論此段，認爲不啻是對連戰的蓄意欺騙。以陳水扁總統地位之崇高，如此違背誠信原則，日後所言所述，不再獲得大衆之信賴，乃必然之結果。

核四停建不僅是違反了政策延續的合法性，也欺騙了在野黨，導致了倒閣及罷免陳水扁的憲政危機。朝野之間的協商大門從此關閉，彼此惡鬥開始。然始作俑者，乃陳水扁也。民進黨將過去多年來的政府空轉，公共政策無法推動，經常歸咎於立法院在野杯葛，以及朝野惡鬥。但是，人民要問的以及應該問的是：孰令致之？

「非核家園」已逐漸形成普世運動，在核電安全及核廢料處理，無法找出令世人安心的科學方法前，核能的運用自應以最謹愼的方式來面對。事實上，核四建或不建，在國民黨主政的時期爭議就非常大；一九八五（民國七十四）年五月，當時國民黨政府決定暫緩核四建廠，加強與民眾溝通；一九八六（民國七十五）年七月，立法院（當時國民黨居絕對多數），曾凍結核四預算；一直到一九九一（民國八十一）年二月行政院才核定恢復核四計畫；但一九九六（民國八十五）年五月立法院通過廢止核四計畫案，後來是因爲行政院認爲停建核四窒礙難行，且損失不貲，加上爲了經濟發展的能源需要，決定提出覆議。一九九六（民國八十五）年十月立法院通過行政院所提的覆議案；換句話說，立法院在數度評估後，仍作出續建核四的決定。核四建廠計畫之複雜及其爭議性，即使在國民黨主政時代，也是如此一波數折。

但是，關鍵仍是憲政體制與憲政規範必須尊重與遵守，否則，在民主化過程中就是一種「民主倒退」。根據憲法第五十七條的規定，行政院向立法院負責的方式之一是，立法院所通過的法律案、預算案及條約案，行政院有執行的義務。憲法第五十七條未修正前規定：

「行政院對於立法院決議之法律案、預算案、條約案，如認爲有窒礙難行時，得經總統之核可，於該決議案送達行政院十日內，移請立法院覆議。覆議時，如經出席立法委員三分之二維持原案，行政院長應即接受該決議或辭職。」（後來經修憲立院覆議門檻降爲二分之一，而行政院長只須接受，不必考慮辭職。）

由此可知，陳水扁、張俊雄以及整個民進黨政府停建核四，堪稱視憲政體制及憲法規範於無物。由於總統在宣誓就職之誓詞中有「恪遵憲法」之誓詞，這是在野黨要發起罷扁及倒閣的考慮。但是，陳水扁、張俊雄及民進黨舉著非核家園的大旗，以及口口聲聲說國民黨是因爲二〇〇〇年總統大選「輸不起」才要發動罷扁及倒閣，讓在野百口莫辯，罷扁及倒閣只能淪爲口頭喧嚷，無法付諸實際。然而，停建核四所導致近十億元的損失要全民埋單；而憲政體制及憲法規範也被陳水扁及民進黨糟蹋了！

正名、制憲，推動法理台獨

陳水扁在第一任就職演說中說：「本人深切了解，身爲民選的中華民國第十任總統，自當恪遵憲法，維護國家的主權、尊嚴與安全，確保全體國民的福祉。因此，只要中共無意對台動武，本人保證在任期之內，不會宣布獨立，不會更改國號，不會推動兩國論入憲，不會推動改變現狀的統獨公投，也沒有廢除國統綱領與國統會的問題。」這就是一般所說陳水扁的「四不一沒有」。但事實如何呢？在陳水扁第一任（二〇〇〇～二〇〇四）任內快結束時，由於施政乏善可陳，面對即將來臨的二〇〇四年三月總統大選，陳水扁策略性地運用公民投票法第十七條的「防禦性公投」，「公投法」第十七條規定：「當國家遭受外力威脅，致國家主權有改變之虞，總統得經行政院院會之決議，就攸關國家安全事項，交付公民投票。」在二○○四（民國九十三）年一月十六日，陳水扁發表了電視講話，其中提到兩個公投案的內容，其一是：「台灣人民堅持台海問題應該和平解決。如果中共不撤除瞄準台灣的飛彈、不放棄對台灣使用武力，您是否贊成政府增加購置反飛彈裝備，以強化台灣自我防衛能力？」

而另外一個公投的內容是：「您是否同意政府與中共展開協商，推動兩岸和平穩定的互動架構，以謀求兩岸的共識與人民的福祉？」

以上兩個防禦性公投就是一般所說的「購買飛彈」及「兩岸對等談判」的公投。就事論事，兩岸對等談判根本就是全民共識無須公投；而有關軍事採購案，在美國提出可以由台灣採購的項目上，例如第三代的愛國者飛彈、反潛偵察機等高達六千億以上的預算。爭論在於當時國防部是以「匡列預算」方式來進行預算編製，也就是說有些產品尚未有實物產生，例如最新的改良後愛國者飛彈，尚沒有具體實物產品製成。因此，採用推估的預算方式編列費用，所以才被稱爲「匡列」或「框架式」預算，此舉受到多數立委及民眾質疑。

然而，有關向美國的軍事武器採購，並非沒有討論的空間，但陳水扁推出此二公投的眞正目的是在藉「公投綁大選」。由於連戰、宋楚瑜自二○○三年二月結盟以來，在民調聲勢上一直領先，陳水扁如果不出奇招勢必無法勝選。「公投綁大選」是爲了刺激支持陳水扁及民進黨的選民，踴躍出來投票，藉著中共的飛彈威脅、對台灣的打壓，激起台灣民族意識，以支持此二公投案，配合支持陳水扁呂秀蓮的爭取連任。但是，兩個公投案投票率都沒有達到法定過半數以上合格選民總人數的領票規定，因此，兩案都沒有效。

包藏著去中國化的用心

然而，兩個公投案一方面是公投綁總統大選，企圖贏得選舉；另外一方面仍包藏著要去中國化，修改憲法及推動正名、制憲以及法理台獨的謀略。

就在二〇〇四年三月十九日迄今仍懸疑滿天的兩顆子彈槍擊事件，以些微兩萬票左右差距贏得選舉之後，陳水扁在第十一任就職演說中，宣布成立「憲政改造委員會」，並承諾將在二〇〇八年卸任時，「能夠交給台灣人民及我們的國家一部合時、合身、合用的新憲法。」雖然在就任演說上，他仍強調這次憲法改造不會涉及「國家主權、領土及統獨的議題」。

然而，言猶在耳，二〇〇六（民國九十五）年一月一日陳水扁的元旦祝詞，題爲「民主台灣、生生不息」，大力強調「台灣主體意識」，強烈批判「終極統一」論。並且說：「至於最重要的憲改工程，未來的推動必然是由下而上、由外而內、先民間後政黨，以全民共同的智慧與力量，在二〇〇八年爲台灣催生一部合時、合身、合用的新憲法。原先阿扁以爲催生台灣新憲法只能畢其功於一役，但去年六月七日第一階段憲改的提前展開，並順利完成阿扁二○○四年五二○就職演說所揭櫫『首次憲改的程序，我們仍將依循現行憲法及增修條文的規定，經由國會通過之後，選出第一屆也是最後一屆的任務型國代，同時完成憲政改造、廢除國大，以及公投入憲。』所以，對接下來第二階段的憲改工程，我們應該更有信心。天底下沒有不可能的志業，也許辛苦，或許艱難，只要相信就有力量，只要堅持就會成功。

「阿扁重視並樂見民間憲改運動的發展，更期許民間版『台灣新憲法』草案在今年二○○六年能夠誕生。如果台灣社會條件夠成熟，明年二○○七年舉辦『新憲公投』，誰說不可能？這是台灣國家的總目標，也是政黨輪替最重大的意義所在。」

至此，陳水扁意欲爲台灣國催生一部台灣新憲法的企圖，已是十分明確。二○○六（民國九十五）年二月二十七日在主持完國家安全會議後，由總統府正式對外宣布：終止「國家統一委員會」的運作，終止適用「國家統一綱領」。而二○○○年任職演說中的「四不一沒有」，「沒有」指的就是「沒有廢除國統綱領與國統會的問題」。至此陳水扁講話的信用已瀕臨破產的邊緣。

從此以後，陳水扁在相當多的場合不斷地論述台灣的主體性以及制定新國家憲法的主張，社會各界以及美國也開始不斷地質疑陳水扁講話的誠信問題。二○○七（民國九十六）

年三月四日，陳水扁在出席「台灣人公共事務協會」（FAPA）二十五週年慶祝晚宴致詞時，把話說得更清楚，他說：「在FAPA的二十五歲生日，我要提出『四要一沒有』的訴求與主張，第一、『台灣要獨立』，台灣是一個主權獨立於中華人民共和國之外的國家，追求台灣獨立是台灣人民共同的理想，也是長久以來的目標，追求台灣獨立不是危險的退步，而是最崇高的志業；第二、『台灣要正名』，台灣是母親的名字，是我們最美麗、最有力的名字，也是參加聯合國等國際組織最好的名字；第三、『台灣要新憲』，台灣要成爲一個正常完整的國家，需要一部合時、合身、合用的台灣新憲法，不用怕立法院四分之三的門檻過高，不用怕二分之一的公民投票不會通過。噴口水怪來怪去是沒有用的，沒有辦法解決事情，只要大家能同心協力、目標一致，有一天我們一定會成功；第四、『台灣要發展』，台灣的存在是全民、台商與亞太民主社群的共同利益，只有實施民主才有發展、只有經濟繁榮才有發展、只有照顧弱勢才有發展、只有台海和平才有發展；第五、『台灣沒有左右的問題』，台灣作爲一個新興民主國家，不同的地方就是台灣只有國家認同分歧的問題、只有統獨的問題、只有要前進或後退的問題，絕對沒有左右路線的問題。『堅持落實社會公平正義』、『關懷弱勢』、『照顧基層』、『消弭貧窮』、『創造就業機會』，是台灣政府永遠不變的責任。

「我要再說一遍，『四要一沒有』——『台灣要獨立、台灣要正名、台灣要新憲、台灣要發展、台灣沒有所謂左右的問題，只有統獨的問題』。」

「四要一沒有」才是他的真愛

陳水扁終於承認他的「四不一沒有」只是假言，代之而起的「四要一沒有」。理論上來說，在完全不顧及現實環境的限制下，陳水扁及民進黨人要追求台獨建國的理想是可以被理解的。台灣人民，不論本省人、外省人，沒有人願意臣服於北京，作中華人民共和國的二等公民，台灣的主體性在現階段就是台灣是中華民國，早就具有獨立主權，並不屬於中華人民共和國。但是，在國際現勢，美國對華「一個中國」政策，以及中共的威脅下，堅持台灣主體意識，不統、不獨、不武，才應該是現階段的正確作法。而不是無端地挑釁中共、搞壞台美關係，陷台灣二千三百萬人於不確定的危險當中。

然而，民進黨及陳水扁想要玩弄中共、欺騙美國、愚弄台灣民眾的作風，並沒有改變。二〇〇七（民國九十六）年八月二日，民進黨在游錫堃擔任黨主席，陳水扁「力喬」之下，公布了「正常國家決議文」草案，其中明定的十八主張，包括：

——「國號」應正名爲台灣。

——應以「台灣」名義加入包含聯合國、世界衛生組織等國際組織。

——儘速制定一部台灣「新憲法」，破除「憲法一中」迷障。應明訂台灣「國家」名稱與「領土」範圍，以符合「現狀」，並徹底擺脫「中華民國」體制的後遺症。

——積極推動「台灣」正名，全盤檢討法律體系，政府機關與公營事業的名稱與法律用語。特別是在國際組織與正式「邦交」關係，應以「台灣」作爲文件與活動的名稱。

陳水扁的第二任任內爆發了第一親家涉及股票內線交易案、第一夫人及總統本人涉嫌國務機要費的貪瀆案件，其個人信用其實早已破產，而所謂的台灣正名、新憲或建國運動，被認爲不過是爲了爭取深綠基本盤，鞏固其卸任後深綠教主的伎倆；同時，正名、制憲，配合「以台灣名義加入聯合國」的公投案，甚至於對國民黨黨產的公投案，也都被認爲是爲了轉移大眾及媒體焦點，不再專注於陳水扁一家貪汙腐化，以及民進黨官員貪腐無能的手法。

因此，在二〇〇八年一月十二日立法委員選舉前，一連串揪出二二八元凶、去蔣、去威權、拆中正紀念堂「大中至正」匾額，改中正紀念堂爲「自由廣場」，關閉兩蔣（蔣中正、蔣經國）在大溪及頭寮陵寢的政治行動，也都被認爲是挑動族群衝突、破壞社會和諧的舉動。而二〇〇七年一月十二日的選舉，也印證了台灣選民理性智慧的眼睛，已經不再受到陳水扁及民進黨的愚弄。

修整民進黨留下的「憲政爛攤子」

從民國八十年代以來，中華民國經過七次修憲；對於修憲的結果，相當多的法政學者並不滿意。尤其是，七次修憲結果似乎未能解決究竟台灣是內閣制還是總統制的爭議；其中，特別是在最後一次的修憲，又把原本向總統制傾斜的修憲結果，因爲賦予了立法院對行政院的不信任倒閣權，以及賦予總統有解散立法院進行大選之權力，反而又加進去了「倒閣及解散國會」的內閣制精神。這些修憲結果，使得原本強調是「雙重首長制」的中華民國憲法更加複雜。

但是，法政學者都知道「制度是死的，人是活的」；以及「憲政是長成功的，不是造成功的」這些憲政原理。

嚴格說來，沒有一部憲法是百分之百完善或完滿的，端看其如何配合現實的政治發展，而自然形成完善的運作。美國聯邦憲法剛出爐時，只有十條，其條文規範之疏漏，處處皆是；但是，靠著不斷的憲法修正案，以及政治人物賦予它運作完善的生命，使美國成爲先進民主國家。

台灣的憲法更是如此，儘管法政學者對於修憲結果很不滿意，但是，它還是可以運作，就看運作這部憲法的關鍵人物、政黨如何看待這部憲法。用比較不嚴肅的例子來比喻，每一個國家的憲法就像一個個攤位，這個攤位能擺出什麼菜色或商品，就靠老闆和夥計的用心，是否能讓上門消費的顧客滿意。假如老闆和夥計是帶著砸爛這個攤子的用心來經營這個攤位，再好的攤子也端不出好商品。尤其是這個攤位的老闆和夥計，完全不理會上門消費的顧客的意見和抱怨。

陳水扁和民進黨就是以「砸爛攤子」的心態，來看待中華民國這家百年老店和她的憲法。因爲，打從心底他們就徹底拒絕中華民國的一切，甚至於這個國號，因爲去掉「華、民」兩個字，剩下的「中」和「國」對他們來說，就是椎心的刺痛。

以二〇〇八年一月十二日第七屆立委改選爲例，民進黨把大選的挫敗，大部分歸咎到選舉制度──單一選區兩票制的不公平。其實，單一選區兩票制正是民進黨及陳水扁大力推動的，在推動的過程中，他們是多麼標榜單一選區兩票制所代表的民主的精神和神聖的價值。但是，選舉的大挫敗，陳水扁和民進黨不懂得反省自己，卻立即檢討當時他們認爲最具民主精神及價值的選舉制度。

平心而論，七次修憲修出如此的結果，國民黨、新黨及其他黨派，也都應該負起責任。只是，修得不好的憲政攤子，又被心懷不軌的政治領導者藉機砸得更爛，任何後續的主政者要加以收拾整修都是很艱鉅的任務。可是，主政者的責任難道不就是如此嗎？當人民唾棄毀憲亂政的陳水扁及民進黨，人民寄託的希望就是下一任的總統及執政者能夠「從頭收拾舊山河」，拯救「哭泣的台灣」，以及「哭泣的憲法」嗎？

因此，爲今之計，任何續任者以及取得執政權的政黨都不應該迴避這個問題。舉例來說，單一選區兩票制可不可以檢討，當然可以。從區域選出的名額及比例名額的數目，以及小黨分配不分區席次的百分比門檻，甚至於選區的劃分，在在可以重新檢討。此外，像是否恢復閣揆任命的立法院同意權，立法院覆議行政院的二分之一門檻，可不可以恢復到三分之二；到取消不信任案倒閣及解散國會的條款，都可以重新加以檢討。

重要的是，執政者及執政黨有沒有誠心要把這塊土地弄得更好。拚經濟也是當務之急，拚憲政卻也和國家的長治久安有關，執政者不能夠因爲只想拚經濟，就忽略了，甚至不理會拚憲政。

台灣需要更好的憲政體制

因此，三月二十二日選出的總統，應該好好思考經濟問題以外的憲政困境。確確實實，人民不是吃飽睡暖穿好就夠了，人民要看到的是未來的國家，不僅經濟提升了，憲政也上了軌道，而足以成爲所有發展中國家的典範，台灣也成爲先進民主國家，穩定的憲政體制國家。

所以，我們建議目前已經居於國會特別多數的國民黨，不是要催促他們立即去修憲，而是要考慮，研究如何爲台灣精緻地去設計更佳的憲政體制。因此，超越黨派的憲改小組務必要先成立；五月二十日產生的新總統，經濟固然是當務之急。憲政也需要去精研，應該在總統府也設立憲改小組，配合代表民意的立法院，提出各種較好的版本。不要忘記，現在的修憲是要經過公民投票予以複決的，因此，提供良好的憲政版本是新當選的總統以及居國會多數黨的國民黨當然的責任，而最終決定者，還是全民的意志。

高永光，現爲政治大學社會科學院院長、政治大學台灣研究中心主任、行政院公民投票審議委員會主任委員。政治大學政治研究所博士、美國紐約大學政治學博士候選人。

外交篇

「烽火外交」燃起遍地烽火

蘇起（淡江大學教授）
陳一新（淡江大學教授）

回顧過去八年，民進黨採取了短視冒進的「烽火外交」政策，不但沒有像其承諾的讓台灣「站起來、走出去」，反而讓台灣僻處國際邊緣，時時挨罵，處處受辱。民進黨的諸多莽撞作為只是讓台灣兩千三百萬人民在國際間更沒朋友、更沒資源、更沒安全、更沒參與、更沒聲音。

「烽火外交」把台灣推向危險邊緣

從過去的經驗來看，民進黨「烽火外交」的動機，是藉由外交挫敗，來擴大兩岸間的敵我意識，鼓動悲情，以獲取選票。久而久之，國際社會對台灣開始敬而遠之，認為台灣是專門玩火的「麻煩製造者」，台灣的國際空間也愈來愈狹窄。民進黨政府種種失策與衝撞國際社會的行為，至少有以下五大面向。

首先，台美互信破壞殆盡。

在野期間，民進黨上下普遍存有輕視小國的心態，外交重心「唯美國之命是從」，只把美國當作最主要的聯繫與交涉對象。等到民進黨執政，這種心態不但未曾稍減，反而更變本加厲。例如，國安會前秘書長邱義仁就曾脫口而出：「不抱美國大腿抱誰的大腿？」美國誠然是我國最重要的友邦，但說得如此露骨，國格已被踐踏殆盡。

不過，民進黨政府若眞做到「唯美國之命是從」也就罷了。事實上，民進黨政府對美國的承諾與保證，不是陽奉陰違，就是玩弄文字魔術；不是虛與委蛇，就是大打迷糊仗。更糟的是，還玩弄美國對我國的信任與尊重。舉例來說，陳水扁曾多次向美國政府信誓旦旦地保證「四不一沒有」政策不變，但在二〇〇七年初卻向深綠團體高調提出「四要一沒有」主張；對於民進黨只爲選舉考量所推動的「入聯公投」，美國自國務卿萊斯以下已嚴詞批評是「一項錯誤」、「一項挑釁性的政策」、「違反『四不』承諾中『不會更改國號』的諾言」，但扁政府仍一意孤行，視美國善意勸告如無物。扁政府種種反覆虛僞、言行不一的舉動，已經刷爆台灣的國際信用。

不過，政治遊戲玩得多了，遲早會惹毛美國。以往台灣不製造麻煩，美國只需關心中共的威脅。但如今台灣成爲「撼動兩隻狗的一條尾巴」。當美國爲伊拉克、阿富汗、伊朗、北韓以及恐怖主義等問題焦頭爛額時，還常常必須擔心由其盟友（台灣）而非其對手（中共）三不五時所帶來的「驚奇」。二〇〇六年初，陳水扁提出「廢統」之說，美國遂拒絕陳水扁過境紐約，結果讓「興揚之旅」變成「迷航之旅」。二〇〇七年以來民進黨政府更不顧美國反對，盲目地推動入聯公投，致使台美關係跌到了谷底，兩國互信也被扁政府片面地一再傷害。

雙邊關係陷入空前低迷

其次，雙邊關係節節敗退。

幾十年來，兩岸外交戰從未稍歇，但是大致總還能你來我往，加上我國經濟在國際上頗具吸引力，基本上還能維持一個對台灣相對有利的局面。在二〇〇〇年政黨輪替前，邦交國數字最高曾達三十個（見表一）。

然而好景不常，在民進黨執政下，我國邦交國數字就從二十九個一路下滑到現在的二十三個。民進黨政府高層愈是出國拚外交，邦交國的數字卻愈是難看。

此外，民進黨政府正、副總統及行政院長八年來出訪「無邦交國」次數僅有五次（二〇〇二年呂副總統出訪匈牙利、印尼；二〇〇六年陳總統出訪阿拉伯聯合大公國、利比亞、印尼）（見表二）。其中二〇〇二年三月呂副總統去的匈牙利在其訪問後表示拒絕接受台灣其他高層人士的訪問。同年八月她去印尼「度假」，並捏造曾經會見印尼高層官員事件，印方立即切斷印勞輸台以示憤怒。相較之下，國民黨在一九九〇年代執政時期卻能讓正、副總統及行政院長出訪「無邦交國」次數高達二十四次，其中在一九九八年達到八次的最高峰（見圖一）。從二〇〇〇年後，美國也沒有任何一位部長訪問過台灣。反觀國民黨在一九九〇年代執政時期，美、歐、東南亞多位部長甚至副總理級人士訪問過我國，其中還包括美國三位部長級人士。可見民進黨政府的「烽火外交」與「攻擊外交」結果只是外交戰場上烽火遍地，沒有尊嚴的到處碰壁，坐困愁城。

表一、國民黨政府與民進黨政府時期兩岸邦交國數目比較

年代	中共	中華民國	年代	中共	中華民國
一九八八	131	22	一九九九	164	29
一九八九	133	26	二〇〇〇	164	29
一九九〇	136	28	二〇〇一	164	28
一九九一	140	29	二〇〇二	166	27
一九九二	155	29	二〇〇三	166	27
一九九三	157	30	二〇〇四	167	26
一九九四	158	29	二〇〇五	167	25

一九九五	160	30	二〇〇六	168	24
一九九六	160	30	二〇〇七	168	24
一九九七	163	29	二〇〇八・一	169	23
一九九八	164	27			

資料來源：整理自中華人民共和國外交部網站，http://big5.fmprc.gov.cn/gate/ big5/www.fmprc.gov.cn/chn/ziliao/2193/t9650.htm；中華民國外交部網站，http://www.mofa.gov.tw/。

表二、國民黨與民進黨執政時期總統、副總統、行政院長出訪「無邦交國家」一覽表

時間	首長	無邦交國家
國民黨執政時期		
一九八九	李登輝總統	新加坡
一九九三	連戰副總統	馬來西亞、新加坡
一九九四	李登輝總統	菲律賓、印尼、泰國

一九九四	連戰副總統	墨西哥
一九九五	李登輝總統	阿拉伯聯合大公國、約旦、美國
一九九五	連戰副總統	奧地利、匈牙利、捷克
一九九六	連戰副總統	烏克蘭
一九九七	連戰副總統	愛爾蘭、奧地利、冰島
一九九八	連戰副總統	新加坡、阿拉伯聯合大公國、馬來西亞、約旦、巴林
一九九八	蕭萬長院長	菲律賓、印尼、馬來西亞
民進黨執政時期		
二〇〇二	呂秀蓮副總統	匈牙利、印尼
二〇〇六	陳水扁總統	阿拉伯聯合大公國、利比亞、印尼
二〇〇七		無

在二〇〇六年，陳水扁的「迷航外交」更是世界級笑話。扁政府不僅在接洽過境美國時遭遇困難，而且在專機起飛前都還找不到過境的可能地點，讓全國媒體進行大猜謎。阿扁執政多年，最後卻淪落到「世界之大，竟無容身之處」的窘境。這不僅是他個人的悲哀，也是

圖一、國民黨與民進黨執政時期正副總統行政院長出訪無邦交國次數

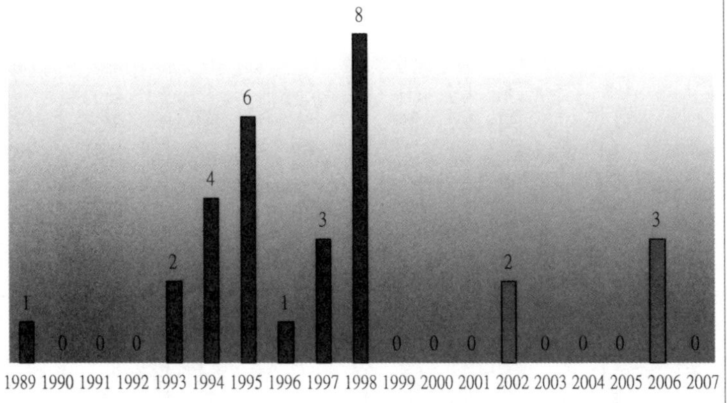

資料來源：作者整理自外交部歷年《外交年鑑》

全台灣人民的悲哀。

利用國際組織議題操弄國內選舉

第三，國際組織參與的萎縮。

在全球眾多政府間國際組織之中，我國能夠參加的爲數並不多，其中較爲重要的又都是國民黨執政期間就打下的江山（如亞洲開發銀行、亞太經合會、亞洲生產力組織、亞洲蔬菜研究發展中心、中美洲銀行、亞太防制洗錢組織、艾格蒙聯盟國際防制洗錢組織、中美洲經濟整合銀行等等），或是國民黨執政期間就打好的基礎（如世界貿易組織、世界貿易組織法律諮詢中心），眞正經由民進黨政府推動參加的政府間國際組織，可說寥寥無幾（南方黑鮪保育委員會、北太平洋鮪魚與鮪類臨時科學委員會、中西太平洋漁業委

員會、世界關務組織下屬之「原產地規則技術委員會」與「關稅估價技術委員會」）（見表三）。

照理說，我國在國際上備受孤立，能夠透過國際組織取得發聲表達意見以及與其他會員國溝通與談判的機會，就應好好珍惜才是。但是，民進黨政府卻不此之圖。一個明顯的例子是我國代表不僅在二〇〇一年「亞太經合會」部長會議上鬧場，貽笑國際，而且首度未依多年慣例派遣高層領袖（如當年的辜振甫、蕭萬長，或後來的李遠哲、彭淮南等）出席「亞太經合會」經濟領袖高峰會議，平白放棄一個代表國家與其他國家元首溝通與談判的機會。

平心而論，陳水扁政府從來就沒有在參加國際組織上眞正用過心思，民進黨心中所想的只是如何利用參加國際組織的議題來操弄國內政治，謀取政治利益而已。八年執政下來，不僅在進軍新的國際組織方面成績有限，而且在已參加的國際組織中也不知善加利用機會，甚至還利用參加國際組織的議題來操弄選舉。最近兩個顯例就是：第一，以台灣名義參加「世界衛生組織」，得罪美、日、歐盟等友邦，讓發言支持我國參加「世界衛生大會」的國家愈來愈少。第二，以台灣名義參加聯合國，更讓我國獨抗全世界。

表三、我國參與的政府間國際組織

+（**）世界貿易組織法律諮詢中心（Advisory Centre on WTO Law, ACWL）（會員）
*亞非農村發展組織（Afro-Asian Rural Development Organization, AARDO），前身爲亞非農村發展組織（Afro-Asian Rural Reconstruction Organization, AARRO）（會員）
*亞洲開發銀行（Asian Development Bank, ADB）（會員）
*亞太防制洗錢組織（Asia/Pacific Group on Money Laundering, APG）（會員）
*亞太經合會（Asia-Pacific Economic Cooperation, APEC）（會員）
*亞洲生產力組織（Asian Productivity organization, APO）（會員）
*亞洲蔬菜研究發展中心（Asian Vegetable Research and Development Center，AVRDC）（會員）
*亞太農業研究機構聯盟（Asia-Pacific Association of Agricultural Research Institutions, APAARI）（會員）
*亞太法定計量論壇（Asia-Pacific Legal Metrology Forum, APLMF）（會員）
*亞洲科技合作協會（Association for Science Cooperation in Asia, ASCA）（會員）

＊亞洲選舉官署協會（Association of Asian Election Authorities, AAEA）（會員）
＊中美洲經濟整合銀行（Central American Bank for Economic Integration, CABEI）（會員）
＋南方黑鮪保育委員會（Convention for the Conservation of Southern Bluefin Tuna, CCSBT）（會員）
＊艾格蒙聯盟國際防制洗錢組織（Egmont Group of Financial Intelligence Units of the World, Egmont Group）（會員）
＊亞太糧食肥料技術中心（Food and Fertilizer Technology Center for the Asian and Pacific Region, FFTC/ASPAC）），隸屬於亞太理事會（Asian and Pacific Council, ASPAC）（會員）
＊全球政府論壇（Global Governmental Forum, GGF）（會員）
＊美洲開發銀行（Inter-American Development Bank, IDB）（觀察員）
＋北太平洋鮪魚與鮪類臨時科學委員會（Interim Scientific Committee for Tuna and Tuna-like Species in the North Pacific Ocean, ISC）（會員）
＊大西洋鮪類資源保護委員會（International Commission for the Conservation of Atlantic Tunas, ICCAT）（觀察員）
＊國際棉業諮詢委員會（International Cotton Advisory Committee, ICAC）（會員）

*國際畜疫會（Office International des Epizooties, OIE），即世界動物衛生組織（World Organization for Animal Health）（會員）
*國際種子檢查協會（International Seed Testing Association, ISTA）（會員）
*國際衛星輔助搜救組織（International Satellite System for Search and Rescue, Cospas-Sarsat）（會員）
*東南亞中央銀行組織（South East Asian Central Banks, SEACEN）（會員）
*亞洲稅務管理暨研究組織（Study Group on Asian Tax Administration and Research, SGATAR）（會員）
+中西太平洋漁業委員會（Western and Central Pacific Fisheries Commission, WCPFC）（會員）
+（**）世界貿易組織（World Trade Organization, WTO）（會員），前身爲關稅暨貿易總協定（General Agreement on Tariffs and Trade, GATT）（觀察員，二〇〇二年以前）
+世界關務組織（World Customs Organization, WCO）下屬之「原產地規則技術委員會」（Technical Committee on Rules of Origin）（會員）
+世界關務組織（World Customs Organization, WCO）下屬之「關稅估價技術委員會」（Technical Committee Customs Valuation）（會員）

註：*國民黨主政時期加入

+民進黨主政時期加入

**國民黨主政時期打下基礎

資料來源：作者整理自中華民國外交部網站，http://www.mofa.gov.tw/webapp/fp.asp?xItem=13296&ctnode=1223&mp=1；高朗，《中華民國外交關係之演變一九七二—一九九二》（台北：五南，一九九四年）；陳一新，《斷交後的中美關係》（台北：五南，一九九五年）；中華民國九十三外交年鑑（正中：二〇〇四年）。

政治化操作妨礙「自由貿易協定」談判

第四，犧牲《自由貿易協定》。

近年來，亞洲地區各國紛紛提出簽署《自由貿易協定》（Free Trade Agreement）的計畫。對以出口爲導向的我國而言，與像美、日、南韓、東協等重要國家簽訂《自由貿易協定》，自然重要無比。台灣想要談判《自由貿易協定》的目標鎖定在具有指標性的新加坡與美國是正確的作法。

不幸的是，民進黨政府的好大喜功與高度政治化操作使得台星與台美《自由貿易協定》

的談判雙雙觸礁。在與新加坡談判過程中，本來雙方談判相當順利，但在最後關頭卻因名稱問題破裂，前功盡棄，極爲可惜。

至於美國，美國在台協會理事前任主席卜睿哲（Richard C. Bush）曾經指出，以二〇〇一年布希總統對台灣友善的態度來看，台灣只要不以民粹手法操弄政治，加上水磨功夫，台美之間的《自由貿易協定》未嘗沒有談成的可能。然而，民進黨政府的好大喜功與高度政治化操作，卻使原先頗有希望的台美《自由貿易協定》陷入僵局。

台美《自由貿易協定》陷入僵局始自陳水扁二〇〇二年八月所提出的「一邊一國論」。「一邊一國論」爲美台關係帶來極爲嚴重的後遺症。後來因爲兩岸遲遲不能直航，使得台灣喪失美國工商界的支持，在美國內部也沒有任何支持台美協定的力量。

二〇〇三年七月，布希政府主動對媒體透露的訊息指出，由於我國一直未採取具體行動解決雙邊經貿障礙，美方已暫時中止台美經貿官員的互訪與官署洽公，並明確表示不會和台灣談判《自由貿易協定》，甚至暗示連雙方貿易投資架構協定的簽署都有問題。布希政府顯然認爲，民進黨政府對內操作民粹、對外激化兩岸的手法，已有逐漸變本加厲之勢，對我極爲重要的《自由貿易協定》也因此而失去了談判的空間。

駐外據點的代表只是阿扁的外交工具

第五，不尊重外交專業。

對於辦外交，民進黨政府只重視「政治正確」，既不尊重外交專業，也不信任職業外交官，只以意識形態主導外交政策。除了在部內任用忠貞有餘、學養不足或根本學無專精的人士，以外行領導內行之外，還在重要駐外據點大量任命非專業、無經驗，甚至高齡到絕對可以退休的人士出任艱鉅的駐節工作。他們共同的特點就是都只是陳水扁的外交工具，爲他的外交轉內銷作爲做鋪路的工作。尤其甚者，民進黨完全不顧國際禮儀。總統府秘書長陳師孟曾經公開責罵歐洲國家駐台的外交人員，而外交部長陳唐山更曾以不堪入耳的文字形容對台灣極爲友好的新加坡。這些作爲不僅傷害我國對外關係，也讓職業外交官極度氣餒與失望。

二〇〇四年時台美互信開始降低，等到台美互信好不容易在二〇〇五年有所恢復之後，陳水扁又在二〇〇六年初提出廢除「國統會」與「國統綱領」的主張，再一次讓台美關係雪上加霜。二〇〇七年，民進黨假「入聯」之名，藉「公投」的形式，推動「改國名」，被包括美國、日本、歐洲所有大國公開反對及譴責（見表四），這使我國外交困境跌到前所未見的谷底。不僅影響到外交人員的士氣，也讓我國辛苦得來的外交成果毀於一旦。

表四、各國重要人士反對「入聯公投」的相關言論

國別	日期	批評人士	內容
美國	二〇〇七・八・二十七	副國務卿奈葛彭	推動以台灣名義加入聯合國的公投是一項錯誤，美國將陳總統推動以台灣的名義加入聯合國公投的舉動視爲台灣宣布獨立的一步。
	二〇〇七・九・四	國安會亞洲事務資深主任韋德寧	台灣或中華民國此刻在國際社會中，都不是個國家，美國政府也認爲中華民國是「未定的議題」。
	二〇〇七・九・十二	國務院副助卿柯慶生	美國關切陳水扁支持的入聯公投提案，這個公投明顯就是尋求更改國名，因此，美國認爲這個行動就是企圖改變現狀的一步。

	二〇〇七・十二・六	國務院副助卿柯慶生	這項公投沒有必要而且會引起兩岸緊張，危害台灣人民及美國的利益；入聯公投不可能改變台灣在國際社會的現狀，也無法讓台灣人民因此得到利益；這項公投主張的不聰明之處，在於它不僅危險、挑釁……。
	二〇〇七・十二・二十一	國務卿萊斯	入聯公投是挑釁的政策，不必要升高台海緊張情勢，且無益於提升台灣國際地位。
	二〇〇八・一・十八	副國務卿奈葛彭	台灣搞入聯公投是錯誤，是挑釁性政策。
俄羅斯	二〇〇七・七・二十三	副外長雅科文科	台灣加緊推動入聯公投和以台灣名義加入聯合國是一種危險的分裂主義行徑，將會對台灣海峽和

			亞太地區的和平與穩定造成嚴重威脅。
歐盟	二〇〇七・十二・三	《第十次中歐領導人會晤發表聯合聲明》	歐盟對以台灣名義加入聯合國的公投表示憂慮，因爲這將導致單方面改變台海現狀，歐盟對此表示反對。
德國	二〇〇七・十二・一	外交部長史坦麥爾	反對台灣舉行入聯公投。
法國	二〇〇七・十一・二十五	總統薩科齊	台灣申請入聯事件，任何單方面的動作都是沒有效用和不合法的。台灣的入聯公投是台灣朝向獨立的第一步。
英國	二〇〇七・十二・五	外交大臣米利班德	英國反對台灣的入聯公投計畫，任何魯莽的舉動都會令人痛惜。
	二〇〇八・一・十五	首相布朗	我們反對擬議中的以台灣名義加入聯合國的入聯公投。公投對改

			變台灣在國際舞台上地位毫無幫助。公投如果通過，將增加該地區的緊張。
日本	二〇〇七・十二・二十八	首相福田康夫	日本政府反對台灣入聯公投。

「活路外交」走出困境

外交的本質就是交朋友，尋求共同利益，而不是製造敵人，只顧自己而不顧朋友的利益。在中共壓力下，我國外交處境的艱困眾所周知。在這樣不利的大環境下，我國外交上的優先發展課題除了要維護主權、穩固台海關係之外，更重要的還必須要靈活積極地參與國際合作、擴大台灣的國際空間、善盡國際責任，並凸顯台灣對國際社會的貢獻。

不過這幾年來，民進黨政府的「烽火外交」一步一步地將台灣推向了危險邊緣。民進黨沒有像他們在選舉時所誇口承諾的，要擺脫台灣外交困境，甚至還每下愈況。連我國一向引以為傲的強項經貿，現在也有如江河日下。不但國際競爭力落後，而且我國在亞太經濟日益整合的過程中也逐漸邊緣化。

相對於民進黨政府「害台」的「烽火外交」，國民黨總統候選人馬英九則提出了「活路外交」（Flexible Diplomacy）的構想，要讓台灣走出民進黨的外交困境。「活路外交」是在馬英九於二〇〇六年訪美期間所提出的「活路模式」（modus vivendi）基礎上所發展而來，國民黨並在二〇〇七年十一月正式以白皮書的形式對外公布。整體而言，「活路外交」的重要主張包括：

（一）兩岸交往：對於台海情勢，台灣堅持維持現狀，而對「現狀」的定義是「不統、不獨、不武」，也就是任期內不與對岸協商有關統一的問題、不追求法理台獨，以及海峽兩岸都不使用武力。台灣應在「九二共識」或「一中各表」的基礎上，謹慎、務實地與中共重啓對話與協商。中共應撤除對台飛彈，如此雙方展開軍事交流，協商建立兩岸「軍事互信機制」，及協商簽署兩岸「和平協議」方有可能，台海也才能成爲和平、繁榮的區域。兩岸交往將是「三贏」的作法，不僅兩岸得利，國際社會也會樂見。

（二）修補互信：長久以來，美國一直是中華民國最重要的盟友。未來台灣應要優先修補雙方互信，重新鞏固以「台灣關係法」及「六項保證」爲基礎的台美關係，做一個「負責任的利害關係者」。此外，我國應努力和美國簽訂《自由貿易協定》或《綜合經濟合作協定》（Comprehensive Economic Cooperation Agreement, CECA），強化雙邊實質經貿關係。

（三）保持彈性：目前只有二十三個邦交國承認我們是一個「國家」，但是我們卻和超過一百五十個國家具有往來。台灣應有效運用有限國力來反制中共之壓制，外交政策應以靈活彈性爲基準，不應受到褊狹意識形態的束縛，而應以國家利益來排定政策優先順序。不管是雙邊、多邊關係、國際組織，甚至其他非政府組織都是推動外交的方向。此外，爲了要拓展國際參與機會，台灣參加國際組織的名稱應有彈性，「中華民國」、「台灣」，或是「中華台北」都是可能的選項。

（四）平等互惠：拓展外交空間絕不代表必須犧牲國家尊嚴，屈從不合理的待遇或環境。事實上，世界上有許多國家雖然支持「一個中國」政策，但他們也希望在「平行」與「平等」的原則下，維持與台灣的實質關係。不過不管用什麼名稱來加入國際組織或是參加國際活動，台灣都應秉持著「平等」、「尊嚴」、「互惠」的精神與世界各國交往。

（五）主攻功能性國際組織：當前最務實、可行以突破台灣外交困境的做法是積極加入功能性國際組織，特別是經濟性質爲主的組織。我國以往在這些領域一直大量參與，貢獻卓著。將來台灣應以成爲會員國爲目標，但也可先取得觀察員資格。重點目標將包括「世界銀行」、「國際貨幣基金」，以及「經濟合作與發展組織」（OECD）等等，方能擴大發揮「經濟外交」的功效。

（六）人道關懷：面對遭逢天災、人禍、貧病等的國家或地區，我們將本著救急救窮的原則，主動給予援助。除了提供必要的資源之外，人力的配合、長期的協助計畫、與國際其他救援單位的合作等，都是我們在提供援助時，所應謹慎考慮的環節，俾能使援助行動確實發揮成效。在國際人道與人權事務的參與中，我們將以積極的方式昭告國際社會：我們參與，所以我們存在。

（七）外交人才的培養：在教育政策白皮書裡，國民黨提出了「萬馬奔騰」作育人才的計畫。台灣外交發展必須回歸「專業主義」（professionalism），未來我國不僅要培養外交人才，使台灣更爲國際化；也要增加外國人士對我國的了解，以提升我國的能見度，強化彼此關係。

以細膩的手法與睿智的方法處理外交

台灣的地理位置、人文素養、民主制度、自由經濟、開放社會、熱情好客的性格、眾多活躍的民間組織（Non-Governmental Organization, NGO），以及遍布全球的愛鄉僑民都是台灣的重要資源。我們相信，世界之大，一定可以同時容納台灣與中國大陸的。我們必須也應該找到一種方式，使得台灣在對於國際事務有意義的參與以及做出適當貢獻之時，也不會影響到其他相關國家的利益。我們相信只有以細膩的手法與睿智的方式處理外交，才會得道多助，開創出國際空間的一片天。

回顧我國在民國六十年退出聯合國後，雖然面對外交上的極度困難，但全民仍奮發圖強，經濟得以蓬勃發展，並創造了舉世稱羨的台灣奇蹟。台灣今後應當以「以台灣為主，對國際有利」爲原則，成爲一個「負責任的國際公民」。台灣不需要挑釁中共，也必須要對美國與其他國家重建其國際信用。我們也要以務實與彈性的作法，申請加入重要的國際經濟組織，參與國際事務和全球治理。我們希望讓國際社會都能了解台灣在經濟發展與自由民主方面的作爲與成就，進而讓台灣有機會與所有理念相容、利益相合之國家，共同爲創造和平、繁榮的國際環境而奮鬥。

蘇起，美國哥倫比亞大學政治學博士、中華民國第六屆立法委員、淡江大學大陸研究所教授，主要著作有《「一個中國，各自表述」共識的史實》（二〇〇二）、《危險邊緣：從兩國論到一邊一國》（二〇〇三）等。

陳一新，美國哥倫比亞大學政治學博士，中華民國第三屆立法委員，現任淡江大學美國研究所教授，主要著作有《斷交後的中美關係》（一九九五）、《戰略模糊中的美中台新圖像》（二〇〇四）。

國防篇

國軍訓練水準低落，戰備廢弛

蘭寧利（國家政策基金會政策委員）

美國國家戰爭學院教授科爾二〇〇六年初在其新書發表會上對台灣安全評論表示：「台灣的國防面臨的另外一個很大的問題就是，除了海軍陸戰隊以外，其他兵種的戰鬥意志確有問題。」「國軍敵情意識薄弱，作戰意志不足，素質不斷下降，有些人整天想的就是美軍能夠多快趕到台海馳援。」一個堅若磐石的國軍何以在短短不到八年的時間變得沒有戰鬥意志？

認同的混淆影響國軍的精神戰力

效忠中華民國是國軍從創建以來的職志。國軍是中華民國的軍隊，理應以生命誓死護衛中華民國。這種由對國家認同、對統帥的信仰、對歷史傳承的效法與薰陶而凝聚爲一種莫可抵禦的精神戰力，使國軍每在劣勢之下不畏犧牲屹然挺立，以血肉砌成長城護衛中華民國。北伐如此，抗戰如此；台海對峙五十餘年，國軍在敵我軍力極度懸殊下敢於在海峽與敵激戰，亦復如此。

民進黨執政以來從基本上即否定中華民國，這種不承認中華民國的心態與言行，造成全軍官兵在國家認同上的困惑。國軍官兵大多存在的疑慮是「爲何而戰？」究竟是爲了推翻中華民國、推動台灣獨立而引發的戰爭而戰？還是爲了保衛中華民國而戰？更多的人存著「爲誰而戰」的疑慮。究竟是爲了主張推翻中華民國推動台灣獨立的統帥而戰？還是爲了領導中華民國全國軍民的中華民國總統而戰？在此種雙重的混淆與迷惑之下，直接導致國軍精神戰力的急遽下降。

對以台灣獨立建國爲職志的民進黨而言，爲配合政治上正名制憲，在軍事上必先快速建立一支台灣的軍隊以鞏固其政權。爲了摒棄中華民國，軍中必須在實質與外在形象上全面否定國軍應有的國家認同，從根本上切斷國軍與中華民國的關連，透過禁唱軍歌、修改精神標語、拆先總統銅像，快速拔擢台籍、本土、親信將領，俾加快接班掌握軍權，藉以區隔「原國軍」與「新台軍」。

經過民進黨政府魯莽的去蔣、去中國化、切割歷史之後，在外形上或可滿足陳水扁的需要，但是在實質上，由於憲法未變動，因此一切背棄中華民國的言行、舉止與運動都與國軍護衛中華民國的職志相牴觸，對國軍官兵當然會造成國家認同的困惑和不知爲何而戰與不知爲誰而戰的問題。在疑慮不能消失，又對統帥的信仰產生疑問時，這樣的軍隊不僅本身的精神戰力堪虞，甚至將引起對聯合或協同的其他部隊因其政治態度上相對產生不信任與懷疑，國軍的總體戰力絕對會因喪失精神戰力而低落。依照民進黨與大陸對著幹的戰略，在大敵當前之際，讓完全沒有歷史傳承、不知爲何而戰、不知爲誰而戰的「新扁軍」去對抗強敵，豈能有勝算？

軍隊是依著憲法成立國家的軍隊，政黨輪替是民主國家的常態，不能因政黨輪替而完全否定國家，軍隊的歷史也不能因政黨輪替而廢棄。軍隊的國家認同、對統帥毫無質疑的效忠以及其歷史與傳統，構成精神戰力的主要部分。正是這種精神的傳承與感召，讓國軍在四十、五十年代海峽兩岸軍力極度懸殊之下能挺到今天的最主要因素。在台海前途未定之下，國軍護衛台灣仍未脫離軍力完全不成比例之弱勢，精神戰力相乘的倍力效益絕對是不可或缺的。

如果國軍的官兵都不知道為誰而戰？為何而戰？如果國軍的官兵對統帥到底是在「救國還是滅國？」產生疑惑。如果國軍在戰時對相鄰友軍的忠誠產生疑惑，或者是不信任，這樣的軍隊即使有新銳的武器、旺盛的火力，但是沒有精神戰力，這是沒有任何取勝的可能的。國家購買再多的先進兵力與武器系統，都是枉然。

一副把戰爭當兒戲的姿態

民國八十九年民進黨執政後，陳水扁總統即宣布要「境外決戰」，意為在台灣境外要打一場決定性的戰爭，使戰爭勝負就此決定。接著二〇〇一年春，行政院院會通過台灣軍事戰略，揚棄灘岸決戰構想，提出癱瘓作戰替代消耗戰，並稱在未來的四年中將建構癱瘓敵人對台灣發動戰爭之能力。陳水扁於民國八十九年六月十三日所提之境外決戰原則與此指導相互呼應，都是以反制爲主的中心思想。國防部也順勢提出「有效嚇阻」的軍事戰略構想。

儘管國防部再三聲明攻擊性武器僅用於攻擊沿海軍事設施，不會攻擊非軍事目標，但是二〇〇四年九月二十五日行政院長游錫堃說：「你射我一百枚、我射你五十枚；你打我北高，我打你上海。必須擁有保證足與中國相互毀滅的武裝，始能在恐怖平衡中確保國防！」在「漢光十九」號演習中首次列入了反制大陸的演練內容。根據這一計畫，大陸的廣州、深圳、香港、北京、上海、南京等十大城市被列爲打擊目標。三峽大壩、電廠和鋼鐵廠等重要民生設施也是襲擊目標。民進黨更不只一次的發表要打北京中南海、打上海東方明珠塔、打三峽大壩，甚至連核子武器都搬上枱面，執政的黨政高官一片「擦槍求戰」之聲，完全不顧區域安全，更聽不進任何友邦的忠告。

民國九十三年中起海峽局勢極度緊張，戰爭似乎一觸即發，全世界都在關切，好言相勸，盼各自節制，只有我們政府以硬相對，始終採取「擦槍」策略，甚至還火上加油的宣稱是「準戰爭狀態」、「以戰止戰」，接二連三的出言挑釁，到立委選舉前達到最高潮，一副把戰爭當作兒戲的姿態。民國九十六年十一月二十六日行政院國土安全辦公室研究員歐錫富在呂秀蓮設立的台灣心會上提出一份報告，稱「台灣可以用已經研發成功的雄風二E巡航導彈，攻擊大陸的軍事及城市目標進行反制，以增加解放軍動武的憂慮及代價。這些目標包括香港、上海及長江三峽大壩。」並稱「攻擊香港的效果要大於廣州。」運用攻擊性武器攻擊大陸城市等非軍事目標根本就是民進黨政府的戰略目標。國防部長李傑更說台灣現在是採取攻勢戰略。

這種戰略指導下，民進黨政府積極展開攻擊性武器發展與部署，民國九十三年九月國防部成立導彈司令部準備建置遠端精準、攻防兼備的反制能力，而中科院則研發包括射程超過六百公里以上的雄風2E型巡弋飛彈、高彈道飛彈；「可讓半個上海市的金融系統、電力系統、通訊系統及所有的電腦系統都掛掉，要重建體系至少要三、四個月的時間」的電子脈衝彈，並可於二〇一二年將電磁脈衝彈部署在飛彈指揮部，配合多種特種飛彈運用；專門破壞輸電系統的石墨絲彈與所謂的「窮人的核子彈」之稱可造成大範圍人員裝備毀滅的油氣彈，甚至傳出欲發展核子武器，並誇口部署潛艦至渤海及大陸沿海對中共進行航運攻擊、潛射巡弋飛彈對陸地打擊等攻擊性任務；並持續向美國爭取具高攻擊能力的F-16C／D型戰機。民國九十六年度漢光演習台灣防衛性戰役兵棋推演中，軍方首次公開在台海戰事中模擬使用所謂的「戰術性岸置火力制壓飛彈」地對地飛彈作戰構想。

追求「恐怖平衡」不自量力

這種軍事戰略改以反制為主的境外決戰及癱瘓戰，主張必要時對大陸實施先發制人的軍事戰略。此種軍事戰略構想正是「不知彼，也不知己」，軍事戰略改為境外決戰及癱瘓戰，也就是將過去的防衛固守形態建軍，改為建設一種能對大陸軍事與民間設施攻擊之力量。在「有效嚇阻」軍事戰略指導之下，政府就必須積極籌建對敵人源頭之打擊力量。但是，此一構想依照沙漠風暴、科索夫作戰、伊拉克自由作戰之資料按比例原則，對中國大陸如此龐大的對手，無論是要想有效反制或是癱瘓敵人，其所必須付出的代價將是當年美軍的數十倍以上，完全忽視了現實的實力之比例與實際效益，欲以先發制人達到癱瘓敵人之目的，即使傾我全國之力亦未必能有效。

民進黨政府追求「恐怖平衡」更是時、地、條件皆不宜的外行話。「恐怖平衡」是冷戰時期美蘇雙方都具備「保證相互毀滅」的核能力，才有此種戰略思維。台灣既不具備核子攻擊能力又沒有與大陸旗鼓相當的核彈頭和遠端投送載具的數量、質量，民進黨高層此種想和大陸形成「恐怖平衡」的說法，根本是一個連基本定義都弄不清楚的笑話，台灣有什麼能力毀滅大陸？再者出此狂言，表示完全不了解區域安全與國際現勢，完全不顧台灣高度工商繁榮環境禁不起對方的毀滅性報復還擊。說穿了，這完全是一種想以全民爲台獨理念殉葬的荒誕想法。

再者，反制的目的不外是對敵人懲罰（Punishment），或是拒止（Denial）。在台海戰區裡，民進黨反制的決心或許不缺，但是實力呢？效果呢？我們要反制大陸上的哪些目標？反制到什麼程度才有懲罰的效果？同樣的，反制那些目標和到達什麼程度才可以使中共的攻台戰力被拒止而不再有繼續進犯的可能？以中共是一個集權國家而言，在什麼樣的傳統武器打擊下會讓它感受到被懲罰了？如果懲罰、拒止以及讓敵人的某一種功能癱瘓，我們都不可能做到，那麼，有效反制的軍事戰略也就是完全虛幻自慰的構想。

在台灣國力與資源皆有限之下，一個純戰役形態的防衛作戰根本上是打後勤，當任何一方打不下去時戰爭就結束。因此，戰略上當然應該採守勢，也就是在戰略上要採守勢、採持久，以待外援。但是，在戰術上卻不能完全採防禦，而應以速戰速決爲主，避免冗長的拖延。因此，在戰術上我們絕對應該以主動的攻擊替代純被動防禦，但是少數幾次戰術行動的勝利並不能扭轉戰略上因懸殊國力差距所造成的注定結果。我們有把握贏得「緒戰」的勝利，但是我們終究贏不了戰役。台灣在戰略上因敵我國力、軍力相差懸殊，在戰略上當然以守勢爲主，以持久爲要，以寡擊眾爲指導。在戰術上或可透過攻擊來達到防禦之目的，但民進黨政府同樣有嚴重的認知錯誤問題。關於反制作戰，早在民國四十年代國軍就有所謂的「擊敵於彼岸」的反制作戰戰略構想，長久以來那種只有「輕擊」能力之「有限反制」一直是國軍唯一能行的反制作戰。以敵我兵力之懸殊與我方兵力的無可補充性，我們想擴大成「有效反制」都不可能。

在民進黨政府「有效嚇阻」軍事戰略指導之下，政府就必須積極籌建對敵人源頭之打擊力量，而以優先發展海、空軍為主，並研製反制性武器。這樣就極容易在國家財力不足之下被迫以售地舉債這類超越國家負荷的自戕手段與對岸展開軍備競賽，而陷國家於無底之深淵。不顧海峽情勢緊張，不斷挑釁中共積極求戰的作法，極可能因為過度的誇大自己能力下而輕啓戰端，在採取攻擊非軍事目標之所謂的「有效嚇阻」下，招致中共報復性反擊下，台灣將全面隨之玉碎。

我們的戰略思維在國家安全戰略上應該在台海穩定與區域安全之框架下追求國家最高利益，在預防戰爭的國防思想下，備戰而不求戰；絕不主動挑釁破壞現況，避免一切讓情勢升高之作為；加強兩岸對話，追求和平，讓人民可以安和樂利免除戰爭的威脅。在軍事戰略上當然應該以守勢戰略為指導，備戰而不求戰。當戰爭不可避免時，應力求戰爭不帶到台灣本島，充分利用力、空、時之有利條件，採快速優勢用兵爭取「緒戰」之勝利，以獲得轉圜的時間。因此「緒戰」之時機掌握至關重要，我們希望藉此種輕擊擾亂敵人作戰節奏（Operational Order），爭取寶貴的時間。

軍事投資與運作維持嚴重壓縮

過去八年來民進黨政府執政在國家資源分配上，無論是財力資源或是人力資源，顯然的在國防方面完全未受到重視。

在國防預算方面，前六年國防預算佔國民生產毛額比率逐年減少，其中民國九十五年更降至空前的二．四％，比其他國情相近的亞洲國家如南韓、新加坡等均大有不如。據美國國防集團公司（DGI）情報研究分析中心（CIRA）副主任毛文杰（James Mulvenon）表示，「美國將軍購案是否通過視爲台灣是否有決心維護國家安全的唯一標準，是一大錯誤。更大的問題是台灣經常性的國防預算在過去五年間下降了百分之二十五以上，影響到台灣軍事現代化、國防改革。」我們由下表之統計資料可以看出在過去前六年中國防預算幾乎爲一個定數，在此定數中人員維持費一直居高不下，甚至某些年分幾乎達到百分之六十，因而導致軍事投資與運作維持必須被壓縮，其中軍事投資將直接影響到台灣軍事現代化、國防改革；而運作維持則影響訓練及裝備的妥善，也就是無法發揮應有的戰力。

八十九年至九十七年國防預算佔GDP百分率統計表

年度	百分比
89	2.76
90	2.78
91	2.60
92	2.52
93	2.50
94	2.46
95	2.42
96	2.85
97	3.0

八十九年至九十七年國防預算國防預算各項分配表

年度	人員維持	作業維持	軍事投資
89	54.00	20.57	22.75
90	51.63	21.09	23.28
91	54.72	20.74	21.04
92	56.61	20.45	20.61
93	50.25	22.53	25.37
94	55.3	19.6	23.2
95	54.19	19.2	24.83
96	43.25	23.32	31.94
97	38	24	36

在長期處於國防預算嚴重不足的窘境，目前的預算只能進行部分武器換裝和例行性的軍購而已，更將導致國軍所有的長程建軍計畫無法實施使國軍陷入「沒有明天」的地步，因爲

光靠不定期、不定額的特別預算，是無法建立堅實軍力的。國防預算不足也將直接影響裝備之正常維持與運作，此種因維持預算不足將產生裝備妥善率之低落，目前三軍二代兵力均已成軍，這批高科技水準之兵力皆需昂貴的維持費維持其正常運作，當國防預算總額不足而其中大部又用於人員維持而裝備之運作維持不足時，新兵力之妥善率就下降。如九十六年六月空軍三型主力戰機的妥善率，分別是IDF：六十三％（比國防部規定的低十二％），幻象機：六十五％，只有F—16達到國防部規定的七十五％。

其他軍種的問題也不遑多讓，尤其在海、空軍較嚴重，而陸軍航空與機甲、通電部隊同樣有類似狀況。因維持預算之不足甚至造成戰備彈藥存量之不足，有所謂「兵力比彈藥多」的笑話。更重要的是，由於維持預算之不足而造成無法正常運作，人員缺乏訓練。我們在歷次漢光實兵演習中所看到的超高比率的各種「失常」現象均源於此，這種表演性質的演習均經再三預演、調校、挑選還會發生，如果在突發之作戰情況下後果是不堪想像的。過去幾年裡美國官員與各智庫專家都曾多次提醒台灣的「妥善率、強化措施和具體防禦能力」。

在美國方面多次嚴厲警告之下，民國九十六年雖調高至GDP的二．八五％，我們可以從該年的維持費之增長額度幾乎是前一年的一半（由四百九十五億增加至七百五十五億），九十七年度又較九十六年度再增加一百億元，就可以看出國軍維持所發生問題的嚴重程度。民國九十七年國防預算雖再調高至GDP的三・○%，但因長期的不足對國軍傷害已經造成，海峽兩岸軍力自二○○七年起開始失衡，國防預算雖增至GDP的三・○%，但這個額度僅爲國軍正常發展與維持的基本而已。而基於海峽兩岸國防投資重視程度之差異，軍力失衡一旦發生，差距立即會拉開，而且愈來愈大難以挽回。

從未考慮兵力大小的合理性

在人力資源方面，民國九十三年十一月十一日陳水扁總統於國安會議裁示的十項結論，其中第六項明確宣示二○○八年達到裁軍十萬人目標，希望把軍隊裁減至廿五、六萬人且比軍方預訂進度大幅提前。把國軍總兵力大小（Force Size）目標設定爲二十七萬，其假設的基礎居然是中共犯台兵力十七萬人，此一數據應是依據國家資源有限爲由硬性規定。既未採用戰役模擬，也未循能力爲導向或是針對威脅的方式分析而來。於是李傑擔任國防部長後，遵令「精進案」不但要執行而且要提前三年完成，精簡員額的幅度既大而且時間壓縮，比舊案每年多縮減二至六萬人，其決策之草率、過程之粗糙，沒有試驗、檢討等謹慎步驟，使得部分單位之裁減多以平均值或以行政命令快速削減，因此在實質上我們只做到了精簡（Down Sizing），但是從未考慮兵力大小是否合理（Right Sizing）。

以如此弱小之現役兵力防衛台、澎、金、馬五個戰區外加金馬之離島、外島，根本難以達成安全防備。而民進黨政府竟然無視於數十小時完全癱瘓國軍重要作戰功能之戰爭發展之方向，強調所謂的「常後分立」，企圖以戰時後備動員來編成「海岸守備」、「城鄉守備」、「要地防護」及「擴編動員」等四種後備部隊，以彌補地面兵力之不足，但是極可能是還未及動員完成前戰爭已經結束。倡導以「保鄉守土」總體戰形態的全民國防，希望建立城鎮作戰能力，逐步遲滯登陸之敵，此一構想已經於漢光演習中在潮州、台南等城鎮演練過。當每一作戰區實際打擊兵力不足，沒有戰略預備隊可資接替。在敵人速戰速決攻台戰術上，後備兵力動員根本不及備便戰爭即告結束，因此現行之兵力大小規劃是完全不符台灣實況。

國軍在精進案必須提前完成之壓力下，單位之裁併嚴重忽視專業，爲達成數字上之裁減要求，不同性質單位混合形成雞兔同籠、驢馬同槽，原分級後勤體制完全打亂，或裁撤合併，或全數委商。結果在民國九十六年七月李天羽接任部長後，部分已裁撤單位又恢復原狀，顯見當年之轉型與精進根本就未經縝密思考，過程作業極其草率，其間未經詳細規劃又欠缺編成實驗，不但浪費了寶貴時間，更因精簡裁併使優秀與有豐富經驗的幹部離散，再也無法追回。

雪上加霜的是，面對國防預算長期不足而人員維持費又居高不下的惡劣條件下，還迫使國軍大幅急速裁減簡併，以減低國防預算不足所造成之窘困。然而，民進黨政府不但不思考解決之道，反而逆勢而爲，爲了選舉、爲了繼續執政，八年以來已經連續五次減縮役期，並於民國九十七年一月一日兵役時間縮短至一年。爲改善部隊缺員，各單位被迫大幅縮短專業訓練，盡速分發至部隊學習，因此部隊中專業未成熟的成員愈來愈高，部隊戰力急速下降。兵役役期的縮短，將因士兵進退頻率大幅提高，而使部隊之戰備訓練水準難以保持，因戰備訓練曲線的變動激烈，即使是短暫的水準都無法保持。民國九十六年美國漢光演習的觀察團報告就指出，被召集的後備役的「老兵」戰技顯然勝過常備部隊。這顯示現役的部隊戰力堪慮。美國傳統基金會近期也對「一年的兵役」表示憂心。科爾說：「役期不斷縮短，明年起只有十二個月，這固然贏得選民歡心，可是短短十二個月，如何訓練出精良的部隊？」

當然國軍採取擴大募兵方式以減低兵役縮短的問題，可是軍方卻只追求短期效應，關閉了三軍的專科軍官班、常備士官班，希望以募兵替代長期服役的士官，希望以預官替代初級軍官，但是卻落得募兵情況並不順利，徵兵也有問題。民國九十五年九月《自由時報》報載，國軍平均編現比僅八成，元月甚至有單位將近七成二，已瀕臨「破軍」邊緣。目前「國軍基層部隊出現嚴重的幹部缺員情形，有些單位實際士官人數只有編制的三分之一」。而據民進黨立委表示：「陸軍主戰兵力嚴重不足，致使八七一旅成軍無限期延後；而海、空軍的後勤維修能力也因爲基層軍士官面臨大缺員的狀態，致使國軍戰力已接近歷年來最低的窘境。」基層連隊甚至出現「整個連一個士官都沒有的窘境」。九十七年一月一日至年中，因兵役之縮短使得部分單位缺員將高達四十％以上。今天粗暴魯莽的兵員政策已經造成部隊中的幹部嚴重缺員，不僅士官缺員嚴重，部分野戰單位連排級軍官更是缺員嚴重。在海軍向來有「士官浮起海軍」之名言，海軍的核心是士官，以海軍士官之專業性豈是短暫三年的募兵之能取代？陸、空軍大量新兵力成軍後，其武器系統之複雜程度，要求建立高品質的士官團也同樣需求日增。役期縮短將嚴重影響高度精密武器系統之維持與運作，爲維持高精密武器裝備之有效運用，迫使國防部擴大募兵，而擴大募兵將益增人員維持費額度，使國防部陷入一個永無止境的矛盾中，而國軍之戰力則向下急墜。

迷信美國一定會保護台灣

民進黨執政以來爲何敢於不願意將國家資源置重點於國防？這豈不與長久以來民進黨希望與中共對著幹互相矛盾？民進黨政府從根本上就漠視威脅，無論中共的軍事威脅有多嚴重、多急迫，民進黨政府總是從寬解讀或是視而不見，對此台灣和美國之間的認知有很大的落差，美國國防集團公司（DGI）情報研究分析中心（CIRA）副主任毛文杰（James

Mulvenon）表示，「從跟台灣總統府、國安會及軍方討論中得到的感覺是，一方面認爲中國只是紙老虎；另一方面認爲美國無論如何都會保衛台灣。」如果民進黨政府的官員們都認爲「美國無論如何都會保衛台灣」的話，台灣還爲什麼編列那麼多國防預算呢？這就是爲什麼民進黨政府敢於幾乎不顧國防預算之不足長達六年之久的最主要原因。寶貴的國家預算大可以用在討好選民上，討好選民就可以繼續執政，但是預算花費在國防上，哪一天會打仗呢？人民根本就看不到。民進黨政府完全沒有將國防武力之整建放在心上。

國防預算不足，當然不可能影響到人員維持費，國軍在年年偏高比率人員維持之下早已影響到武器系統之正常運作與裝備之維持，這些負面的影響對高科技精密武器系統影響尤其重大，使得二代兵力與武器系統的維持立即產生問題。維持預算之不足，當然會直接造成妥善率偏低，但是維持預算之不足對兵力正常運作，以及爲滿足正常訓練、演習頻率之燃料、彈藥都會形成折扣、縮減，對戰力也會產生嚴重影響。當然今天國軍在二代兵力與武器系統的妥善率不足的問題，國防預算不足是一個原因，而役期太短及士官制度不健全，造成基層官兵裝備操作、維護不當也是原因之一。

關於國內未來之兵源不足問題是個事實，但是兵員不足基本上可以延長服役時間以減低問題之嚴重性，但是民進黨政府卻只見選舉不見問題，反而逆向操縱，連續五次縮短兵役役期。這種方式的操作使兵源不足問題更形嚴重，還硬性規定大幅放假，在雙重衝擊下使部隊問題更爲嚴重。役期太短士兵進退頻繁，須藉密集而嚴格的訓練將戰備訓練水準再予以恢復。但是，嚴格訓練之要求卻被陳水扁總統爲討好選民所許諾的士兵休假規定所限制，在此規定下任何高頻率而綿密的戰備訓練都難以實現。

役期與人員訓練皆不足

今天國軍眞正的問題並不在如何獲得新的武器系統，而在於這些新的武器系統如何結合新威脅、新環境而能正確有效的運用，或者是舊的武器系統如何有效的面對新生威脅；今天眞正的問題在戰備、在訓練；今天眞正的問題在後勤、在作戰支援能力、在戰鬥意志。而這些問題的關鍵都在人，役期不足、人員訓練不足，再好的武器系統買來也是枉然。況且隨著高科技新兵力的加入戰鬥序列，士官缺員的問題成爲新兵力能否發揮應有作戰功能的最重要關鍵，已經絕對不是單純的以三年制募兵所能解決，這種方法只能應急，只能滿足數字上的虛榮，眞正戰力的核心在更長服役時間、更專業士官的獲得。因此需要以深遠的看法謀求士官團之建立。事實上，除非擴大軍事預算整個規模，否則激增之人員維持費將嚴重影響軍費之其他部分之正常發展。長達六、七年的國防預算不足，不僅造成海峽兵力之失衡，也造成國軍倉促精簡裁併以及部分功能之喪失所形成之負面影響，這是永遠無法回復的。

依照國軍當前之使命與所面對之威脅，我們不可能追求一個能反制所有威脅能力的國軍，那種目標絕對是一個將耗盡全國之力的軍備競賽。我們要循著不對稱以能力爲導向的兵力，此一能力也就是國家戰略中所要求的「支持天數」。在建立一支適量大小的兵力下，我們必須讓其能正常維持與發展，而且這個維持與發展的支持必須是長期持續性的，也就是國防預算應該是穩定的，根據個人的研究唯有在穩定而充分的預算支持下，軍隊才得以正常現代化。國防預算絕對是一個專業問題，不是拿來作政治操作的，過去八年在民進黨的執政下，國防預算與軍購一直被拿來當作政治操弄，完全忽略軍事專業，其最後讓全民反感與冷漠。經過我們審慎的推算與分析，在一個二十七萬七千人的兵力，未來能正常維持與發展的國防預算概約爲GDP的三・○%。換言之，GDP的三・○%是一個最基本的起碼值，這裡面已經包括正常發展的投資預算在內。除非要採購關鍵性新兵力如海軍的神盾驅逐艦、空軍的F—35垂直起降的戰機，其他軍事投資應該都可以容納，國軍尤其可以據此持續推動其長期之現代化規劃與執行，而能與先進國家軍隊之現代化差距快速減少。唯有在穩定而充足的國防預算支持下，兵力與武器裝備之運作才得以正常，妥善率得以提高。

在民進黨政府連續五次縮減役期後，目前一年的服役已不足以借任何訓練方式在如此短暫的時間內將士官兵鍛鍊成合格的戰士。我們幾乎可以武斷的說整個的國軍戰力基礎已被摧毀得蕩然無存，這已經不是急就章式的募兵制能解決。擺在面前的問題是，與其還維持名存實亡的兵役制度，不如徹底謀求解決之道。經過研究最可行的方式爲在相關的兵役法不動之下，強制性兵役改爲三個月的軍事訓練，已建立後備動員之基礎，而大幅擴大募兵，希望現役部隊完全由志願役組成。這項訴求看似與民進黨政府類似，但是在實質內容上卻含有相當程度的差異。我們認爲應將十餘萬官兵的募集視爲爲國家創造十餘萬個就業機會。因此募兵必須考量充分的環境配合，應該在待遇、深造、就業、就學、就醫、就養作全方位的考量，甚至考慮職務宿舍之配與。我們更要塑造軍人榮譽、自信，提高軍人的社會地位，奠定未來全志願役官兵組成的職業化、專業化的軍隊。

選將以族群、親疏為主要條件

二〇〇〇年台灣首次政黨輪替，國軍堅守「國家軍隊」的民主立場，讓全國乃至於全世界刮目相看。但是陳水扁就職之後卻在「軍隊是國家軍隊」的認知上充分表現其心口不一，甚至逆勢而爲。由於他本身對過去軍中將領之不信任，必須快速建立「效忠」其本身的將領接班。因此扁政府破壞制度首從選將起，陳水扁完全不顧軍中嚴謹綿密的長期人事考核，優劣賢庸早已排序，在選將方面，完全不以個人優秀堪稱將才與否爲考量，而以族群、省籍、親疏爲主要條件，以思想「正確」以及「忠誠」度而優先任用，是以陸戰隊將領可以派任海軍總司令，造成世界級笑話並開啓踐踏制度、規定後，就此完全肆無忌憚的亂爲，徹底破壞軍中人事運用長久以來的原則與慣例。爲達到自己人快速接班，建立一條由憲兵、內衛至軍情局長再至各軍或後備司令，是所謂的「上將高速公路」。完全不顧軍事情報與各軍種專業之需求，在陳水扁總統眼中萬事莫如讓自己親信卡位，即使是才能堪虞或是對軍中戰備訓練會產生負面影響都在所不惜。因其接班快速之迫切，故而造成上將調動如走馬燈般快速，其中不滿兩年者就有十三次十位，而任職不滿一年的就有十一次八人，如此迅速更換下根本不可能施展個人建軍備戰的理念。如陸軍司令不足一年即去職，高級將領之去留甚至包括國防部長在內，恣意隨性已創下寒蟬效應，使人人心寒膽戰。

由於人事運用之偏私失常，個人之優秀與專業與否已不是選將首要條件，善於嚴格訓練與作戰指揮更非重點，所形成之「劣幣驅逐良幣」之不良風氣已然成形，上者摒棄專業追求政黨關係爲政治服務；下者不務正業專事逢迎拍馬鑽營關係，因而造成官員競相媚語爭寵、揣摩上意，全軍之價值觀念已完全丕變，上下交相學習樂此不疲，至於戰備，早已無人聞問。

政治力無忌憚地伸入軍中

政治力無忌憚地伸入軍中，部分軍事將領爲政治服務，其角色早已超出相關規定，如要求下屬退出國民黨；禁唱軍歌、校歌、改精神標語和拆銅像；總政戰部要求官兵不要投票給反對軍購的黨派；二〇〇四年初總統大選前配合執政黨修改國軍官兵休假規定，使得絕大多數官兵無法外出投票；總政戰部主動修改《青年日報》精神標語；國防部長對戒嚴違反民主、民意的回應；憲兵部隊更明目張膽的在國慶會場散發政治性傳單等。政治力無忌憚的伸入軍中後也造成相互間之猜忌，每有高階職缺，相互攻擊與告密黑函蜂擁而至，已造成相互間的不信任與不敢推心置腹，而處處以防範心態互處。在下位之基層官兵當喪失在軍中奮鬥之理想後，遂放縱聲色，美顏養膚，或迷信轉運，或玩物喪志，積欠卡債與高利貸者充斥，更有上下交征利之情事，整個風氣已敗壞至極。

由於陳水扁對軍隊之不信任，只能信任內衛憲兵與侍衛近臣之忠誠，於是容許憲兵擴編並接台北衛戍，憲兵儼然成爲第四軍種。只重幹部外表的忠誠，完全忽略其部隊特性，破壞制度的兵力運用與兵力編組，不但會使國軍精簡產生負作用，而且在未來作戰上將適得其反的無法發揮應有的戰力。至於階段性任務已完成的政治作戰制度，理應逐漸僅保留部分功能而引退，陳水扁卻看中其在威權時代之監軍角色，再容許其體制恢復，此對陳水扁總統而言不只是最大的諷刺與否定。此種對軍隊的不信任，加上運用以忠誠度及各種理由的分割、裂解，透過政戰監軍及安全單位無孔不入的電腦監視、通信監聽，使國軍幹部人人謹言慎行，自此沒有人還肯說實話，大家寧願讓國王披著虛無的新衣自我幻想。

對軍隊國家化缺乏信心

多年來國軍受民主薰陶軍隊國家化認知早已落實，已經國家化的國軍當然對政黨輪替以平常心視之。陳水扁總統諸多破壞軍事體制之舉，卻一再表明他本人對軍隊國家化的缺乏信心，他不惜破壞體制與制度，更說明了他本人的民主素養不足。

依照國軍的人事制度在選拔將領時，非但有讓大家心服口服的嚴謹排序，這種排序對人事的公正信心、對士氣影響、對價值觀都將產生極大的衝擊，它會告訴軍中後期的老弟們是要「苦幹實幹」？還是要「鑽營門路」？但是從陳水扁總統選將用人破壞體制、踐踏制度，讓倖進鑽營者獲得不次拔擢，顯然是告訴軍中的幹部不要再「苦幹實幹」專心戰備了，應該表態效忠「鑽營門路」。如果一個軍隊從上到下都兢兢業業的不是精研專業而是沉迷於政治，如果一個國家要以某種非專業條件出身決定將領的選擇，相形之下共軍正加強培養與拔擢所謂的複合型指揮人才，兩岸將領素質高下立判，海峽兩岸恐不僅是軍力對比失衡而已。伊拉克的共和衛隊都是出身於海珊的同鄉，甚至同族，照理應該最忠貞、最頑強、最具戰力，但事實完全相反，一經甚至未經交戰就一哄而散，在戰場上消失。

軍隊是國家的軍隊，因此軍隊之首要在確定國家認同、效忠國家。軍隊應超出黨派、政治之上，因此絕對應該杜絕政治力介入軍中，在堅定國家認同之前提下，我們絕對尊重軍事專業、制度、傳統與歷史。

軍以戰為主，戰以勝為先。建軍備戰之唯一目標在戰場上求勝，除此別無選擇。兵隨將轉，因此必須先有可用之將，才有可用之兵，優秀的將領是軍隊的關鍵而傳統與歷史則是軍隊的靈魂。故將之勇敢善戰與否是勝戰之關鍵也是選將之唯一考量。因此，我們絕對尊重軍中人事長期客觀的綿密考核，選優汰劣的制度讓優秀適任之才俊得以拔擢領軍，並能在軍中為下級式範而蔚為風氣。建立苦幹實幹純樸務實的正確價值觀念，以精實強悍的國軍軍風，杜絕虛偽造假，粉飾太平。

在民進黨執政期間對國軍人事制度的踐踏，讓資格不符者屢佔高位，也因這些人員的資格不符，故爾導致後續一連串弊案，連同所有軍中將領都蒙上不榮譽陰影，更因軍中將領屢以兒戲以求拔擢，讓整個社會瞧不起，軍人榮譽徹底掃地。

我們絕對應該視國軍爲國家最重要資產，在尊重國軍制度之下，讓優秀人才出線，以激勵後進建立優質專業之軍官團，嚴肅軍紀，尊重國軍歷史傳承，盡全力提振軍人榮譽。徹底檢討軍人待遇，明確釐清軍人與公教人員之差異，突顯軍人待遇的優渥性。關於憲兵編制過分膨脹以及擔當超過其能力的任務，我們主張應該併國防二法與精進、精實案執行檢討，就整個的兵力結構、全盤防衛作戰構想作通盤研究。在未來的國軍內應該沒有所謂的忠誠問題，盡速建立各部隊間的互信，建立對長官的信仰，以及對部屬的信任，期使國軍不但是固若磐石，更因其精神戰力的倍力效益使整個戰力堅不可摧。

一切都為了服務政治目標

在追求爲政治服務下，原本應該測試固安作戰計畫的年度漢光兵棋推演已經成爲年度最大的騙局，這個兵棋推演往往是先射箭再畫靶，以台灣防衛作戰維持天數欺騙全國國民，因此私下移動兵力位置、擅改參數資料或損害程度等作弊行爲不過是爲了滿足政治服務之目標而已。在這個從上到下都存心造假的推演中，不僅驗證的主要對象、主題均弄不清楚，統裁單位根本就沒有能力在數以萬計的結果資料中找出影響戰役之關鍵及轉折因素，也提不出凌厲深入的講評，其結果根本不足採信。這就是爲什麼台灣防衛作戰戰役兵棋推了那麼多次，居然發掘不出戰場監視能力與情報不足的問題，因為其中很多的造假已經讓操演者完全忘記了實際的問題。

無論台灣防衛作戰在基本的戰略構想是否經兵棋推演發掘其問題而作重大調整，國軍部隊火力、機動力近年來早已經重大變革，是以各軍種均應針對台灣防衛作戰中之任務加強兵棋推演與實兵演習，其中專為探討作戰問題之各類型兵棋推演，部分軍種雖然實施但是其頻率與深度幅度皆遠不如前，尤其牽涉到教則與計畫編裝修改的重大後續作為經常不能接續。實兵操演訓練的頻率要求難度早已大幅降低，對抗性演習次數亦大幅減少，最重要的各軍賴演習才能綿密周延的戰場經營也將因實兵演習的減少而疏漏不全，戰時在威脅不清、作戰環境不明之下任何軍種之作戰都將成問題。是以九十六年漢光兵棋推演出現增援部隊搭乘高鐵的笑話，這是一個極其嚴肅的問題，足見平時根本就未曾想過此一問題，至於增援部隊到何處建立陣地、如何保全自己的戰力等重要的問題均從未有人想到過。當前國軍所呈現的是基層部隊訓練不足，高司單位計畫欠缺應對，期望這種軍隊戰時能制勝克敵無異緣木求魚。

在美軍強力要求下，聯合作戰成為現今國軍的重中之重，但是已產生過度尊崇與捨本逐末的問題。甚至已有棄三軍而組成國防軍之議，推動三軍官校合併、推動陸軍各兵科學校合併、研擬三軍指揮參謀學院合併，凡此皆證明國軍重要幹部在專業知識之貧乏。民進黨政府在為整併而整併之下，並無一個整體構想下要求在軍事教育藉轉型之理由進行各院、班之整併，如國防大學之包山包海容納各種不同類型的院校，造成管理與支援上之困難，也造成校長是虛有其表完全無法實現其治學的理念，完全是為合併而合併，既不參照先進國家，又不顧及我國之特性。為了盲目追求教育部授予學位，寧願犧牲軍事教育的根本要務，成立軍事教育的目的已經受到質疑。

在建軍上國軍強調其方向將朝向「精、小、強」發展，然而事實上無論從軍隊人員裝備之戰備水準、部隊訓練之頻率與嚴格程度、戰術戰法之研究發展，均展現國軍距離「精」銳、精練尚有相當差距；目前「小」的確已經達到，但是未見合理。國軍雖做到了小，但卻不能保證能達到「精」，其中牽涉到推動軍事事務革命必須要做的轉型。軍事的轉型並不在合併成立幾個新單位的外在轉型，而在於整個作戰思維的轉型，並擴散至兵力編組、兵力運用至後勤、訓練等。國軍在這方面顯然是力有未逮的，因此求「精」距離還遠。至於建軍目標中之強，則端賴戰備與訓練。試問：在如此的預算不足、妥善堪虞、訓練不足、缺員嚴重之下，國軍有何戰備可言？

年度的漢光演習是針對共軍新興威脅與新的可能行動來驗證國軍的防衛計畫，這是一個極為嚴肅的推演，每一個行動決心都必須受到推演後的嚴格檢討，務必找出影響結果的關鍵之點。因此勝負不是重點，經常是輸了反而更有檢討改進的空間。像台灣防衛作戰這種戰役層級的作戰其重點絕不在紀德級艦沉了沒有？而在於後勤，在於是什麼原因讓我們打不下去。如果把每年的演習當作作秀，而沒有認眞的檢討，當然在戰備上就不可能有正確的建議與改進。

在民進黨完全以選舉爲考量下，國軍兵役時間一再緊縮，時間已短到無法培養一合格的現代化戰士，只有加強訓練一途。然在休假等干擾下，部隊可用之作戰訓練時日所剩無幾，再由於政府過度重視選舉，軍中幹部在政治考量下部隊訓練之要求遂自我設限，天熱不出操、危險科目盡可能免除、夜間減少訓練、値勤不帶槍、帶槍不帶子彈、要求標準江河日下。戰鬥施訓的課目、師資與訓練設施嚴重不足，由於訓練內容空乏，役男亦有在軍中浪費青春虛擲時日之嘆。此舉對訓練不足而言，無異是雪上加霜，因此想要強化部隊戰備訓練水準根本不可能。再加上國防預算連年緊縮，訓練方面預算尤感欠缺，實兵演習與實彈射擊次數、頻率均大幅減少。在多兵或多裝備之組合訓練極難落實實施，因應台灣防衛作戰要求之多兵力協同作戰訓練與不同軍種之聯合作戰訓練均流於形式，各級部隊忙於應付視察、作秀，如此部隊訓練是戰力衰退、紀律不彰的主因。軍以作戰爲主，故軍事教育的目的在培養戰場上能領導部屬戰場求勝與從容運用兵力、戰力之潛能，並不在追求民間學位。因此軍事教育必須與作戰需求相結合，絕不能因人力之裁減而盲目的合併裁撤關閉，通盤雜碎式的合併只有形式，沒有施展教育理念的可能。

軍備廢弛、戰力水準低落

國軍在過去七年以來所遭遇的外部因制度被恣意破壞並造成內部價值觀與風氣之丕變，使得國軍戰備荒廢、訓練水準低落。我們認爲國軍最應優先恢復戰力。爲防止敵先發制人猝然對我發起攻擊，癱瘓我方重要作戰功能，我們認爲國軍各級部隊應保持高度戰備，並應確保各重要作戰功能具備強勁之存活能力與備援能力。主被動式防禦同等重要，不可偏廢任何一方。我們確信唯有精實的訓練才是戰勝敵人的不二法門，因此訓練之唯一目標在求勝，絕不考慮期待外援因而只求維持有限時日。我們應該去除一切影響軍事訓練的政治干預，嚴格要求從各軍兵種戰鬥訓練到戰術性之組合與協同訓練，到聯合作戰訓練。從實兵操練對抗到指揮機制作戰計畫兵棋系統之驗證。增加訓練頻率、深度、難度，強化全時、全域之臨戰訓練。增加實兵演習與對抗，建立各組合、協同與聯合單位間之作戰默契，俾戰時能齊一心志隨時應變，免除變生肘腋措手不及，並大幅增強裝備維修能力，努力提高兵力、裝備之妥善率，以使國軍能在短期內提高應急戰備能力，以應猝然事故。

徹底摒棄作秀與不實的兵棋推演，杜絕自欺欺人，而成立專職的聯合作戰指揮編組，專事於台灣防衛作戰兵棋之反覆推演，在不同的敵可能行動想定下，驗證作戰計畫謀求最佳對策，一方面修訂計畫，一方面擬定應急作戰計畫，而另一方面訓練指揮編組在戰時能從容不迫指揮若定，及與各次級作戰單位的作戰默契。聯合作戰的基礎在三軍完整的戰略與戰術，它是一種尊重其他軍種特性與限制的統合能力之發揮，任何過度的看法與作為都是不正確的。

我們反對民進黨政府沒有數據基礎的兵力大小，更反對未經縝密研究爲裁員而裁員的精簡，爲彌補國防預算之不足恣意的裁減編併，造成國軍大量功能散失。我們主張建軍宜從上而下整體規劃，以有限度能力爲基礎，以非對稱式爲指導，優化兵力大小、結構與軍事基礎建設。因此，兵力大小與兵力結構必須以未來的威脅爲導向建立一定能力之需求爲支持。所有兵力整建案均需以能力爲導向列舉完整之模擬分析參數以爲支持。我們不但重視作戰部隊之能力強化，我們更不能忽視所佔比率愈來愈高的作戰支援與後勤支援能力之建立。我們認爲，國軍的精簡應該在軍事事務革命的轉型之下作全盤規劃，其中軍事教育所展現的當然是整體的、前瞻的。

蘭寧利，退役海軍中將，歷任海軍總部通信電子處長、情報署長等職。國軍現模式模擬兵棋中心的創建者，也是執行台灣防衛戰役模擬的先驅。熟諳作戰分析、現代化軍事發展與解放軍研究。目前在國家政策基金會擔任政策委員。

兩岸篇

兩岸經貿緊箍咒拉扯台灣的經濟

林祖嘉
（政治大學經濟系教授）

在過去民進黨政府執政的八年中，由於執政無能，再加上堅持意識形態治國，結果造成台灣經濟一再向下沉淪，包括經濟成長率大幅下滑、失業率大幅上升、所得分配急遽惡化等等。①

在民進黨政府的諸多謬誤經濟政策中，兩岸經貿政策的保守與限制可能是最嚴重的問題之一。如果從經濟效率的損失來看，可能也是造成台灣機會損失最主要的原因之一。民進黨政府兩岸經貿政策雖然表面上看起來似乎是有逐漸開放的態勢，但是實際上卻是愈來愈嚴的。在二〇〇一年中第一次經發會結束後，陳水扁總統提出「積極開放，有效管理」的原則。而在二〇〇五年初，陳總統又突然在元旦文稿中宣布，兩岸經貿政策的原則改成「積極管理，有效開放」。其後，民進黨政府的兩岸經貿政策幾乎就再也不曾放鬆過。②

企業無法利用比較利益強化競爭力

在目前的兩岸經貿關係中，其實仍有許多的限制，這些限制使得台灣企業界無法充分的利用兩岸的比較利益來加強自己企業的競爭力，結果不但造成企業的損失，而且也使得台灣國家的整體競爭力受到很大的傷害。

本文將從下列幾個主要的限制層面來看目前兩岸經貿政策不開放對於台灣可能造成的損

失。這幾個主要的限制包括有：第一，在兩岸貿易方面，全部八千多種的貿易商品中，仍然有兩千多種是不准從大陸進口的，其中又以一些零組件爲最重要。由於這些零組件不得從大陸進口，使得台商無法在兩岸之間進行垂直分工，因此台灣的企業競爭力就受到嚴重的傷害；同時，許多企業也因爲拿不到大陸的原物料，而被迫從台灣移到大陸去生產，以就近取得原物料。第二，在對大陸投資方面，目前政府仍規定企業赴大陸投資的上限不得超過實收資本的四十％。③由於大陸經濟規模龐大，再加上台商企業在大陸成長很快，他們需要的營運資金愈來愈多，但是由於母公司從台灣匯到大陸的資金受到限制，使得許多企業無法在大陸充分發揮他們應有的經營效率。第三，到目前爲止，台灣的銀行仍不准在大陸設立分行或子行，只能設置辦事處。由於台灣的銀行不得設立分子行，使得大陸台商無法向台灣的銀行進行借貸，這對經常需要資金周轉的台商造成很大的困擾，台商的經營效率也因此而大打折扣。第四，兩岸直航遲遲不能開放，造成台灣人民在往來兩岸的金錢與時間上的重大損失。更嚴重的是，台灣因此而失去了成爲台商或外商把台灣當成亞太營運中心的機會。對於台灣產業長期發展造成很大的傷害。第五，民進黨政府對於開放大陸第一類人士來台觀光的政策，一直遲遲無法落實。雖然已經有政策決定每天要開放一千名大陸人士來台觀光，但是到目前爲止，仍然因爲與大陸官方在細節的部分無法談妥，使得大陸人士仍然無法進來。開放大陸人士來台觀光，不但可以帶給台灣很大的商機，而且更重要的是，觀光產業的發展可以創造出許多的就業機會，這對於減輕台灣的失業會有很大的幫助。

本文將針對上述的幾個最主要的限制，來探討由於這些限制對於台灣可能造成的損失會是哪些。這裡我們必須先說明的是，如果仔細看這些年來的兩岸經貿關係，我們會看到兩岸經貿關係是在快速發展中的，因此，會有一些人認爲目前的兩岸經貿政策對於兩岸的經貿並沒有實質的阻礙。但是我們在此要強調的是，經濟學討論的是所謂「機會成本」的概念，當我們在使用一種生產要素時，通常都會有很多種的使用途徑，當我們選擇了其中一種使用方式，那麼被放棄的其他種用途中，能夠產生的最高利益，就是我們在選擇該種使用方式的機會成本。而如果機會成本所代表的利益高過我們所選擇的使用方式時，就表示我們所選用的方式是不適當的，因爲我們並沒有選到最有效率的選擇，或是沒有選到最高報酬的生產方式。也就是說，雖然目前兩岸的經貿關係的確對於台灣的經濟有很大的幫助，但這並不代表目前的兩岸經貿政策就是對的，或是最好的，因爲很可能我們還可以找到更好的經貿政策，使得台灣的企業能夠更有效率的使用兩岸的各種經濟資源，從而使得台灣在兩岸經貿關係中獲取更多的利益。④

因此，在本文以下的分析中，我們會經常使用機會成本的概念，來說明兩岸經貿關係在民進黨政府的限制下，對於台灣經濟所造成的可能損失，或是機會損失會有多大。

貿易限制減損台灣的兩岸經貿獲利

我國是一個小型開放經濟體系，對外貿易一向是帶動台灣經濟成長的主要引擎。尤其是其民進黨執政以來，國內消費不振、資本形成停滯、政府支出也不再成長，使得對外貿易部門成爲帶動經濟成長的最主要力量。⑤

由於兩岸經貿關係日益密切，使得台灣對大陸的進出口快速成長；在此同時，台灣對於美國的出口則轉到大陸，再轉出口到美國，使得台灣對大陸（含香港）出口比重由一九九〇年的十二%快速上升到二〇〇七年的四十二%；同期間，台灣對美國的出口比重則由三十二．四%減少到只剩下十二．七%。近年來，由於對大陸出口的成長率高於其他地區，使得對大陸出口成爲帶動台灣出口的主要力量，而出口又是帶動台灣經濟成長的主要因素，因此對大陸出口也成爲近年來帶動台灣經濟成長的主要力量之一。

從表一中，我們看到自從二〇〇一年以來，若不包括香港，兩岸貿易對台灣經濟成長率的貢獻比率幾乎都在三成以上，七年來平均每年的貢獻度是四十四．六%；若把對香港出口也包括在內，則兩岸三地貿易對台灣經濟成長率的貢獻則幾乎都在五成以上，七年的平均貢獻度爲五十九・三%。

表一、兩岸貿易對台灣GDP成長率貢獻之估計（單位：%）

年	台灣GDP成長率(1)	兩岸貿易（含香港）對台灣GDP成長率的貢獻百分比(2)(a)	兩岸貿易（含香港）對台灣GDP成長率的貢獻百分比(3)(a)(b)	兩岸貿易對台灣GDP成長率貢獻百分比（不含香港）(4)＝(2)／(1)	兩岸貿易對台灣GDP成長率貢獻百分比（含香港）(5)＝(3)／(1)
一九八一	6.20	0.08	—	1.29	—
一九八五	5.00	0.05	—	1.00	—
一九九〇	5.39	0.73	1.46	13.54	27.08
一九九五	6.42	0.79	1.53	12.30	23.90

二〇〇〇	5.86	0.65	2.08	11.02	35.55
二〇〇一	−2.18	−0.85	−1.01	38.90	46.19
二〇〇二	3.59	2.60	3.30	72.33	91.83
二〇〇三	3.24	1.03	2.46	31.71	75.84
二〇〇四	5.71	3.38	3.70	59.19	64.80
二〇〇五	3.80	1.08	1.20	28.42	31.58
二〇〇六	4.68	1.68	2.50	35.90	53.42
二〇〇七	4.42	2.02	2.29	45.70	51.81

資料來源：林祖嘉（二〇〇六b）與本研究估算。

附註：(a)兩岸貿易對台灣GDP貢獻百分比點＝（對大陸出口成長率＊對大陸出口佔台灣總出口百分比＊出口佔GDP百分比）－（自大陸進口成長率＊自大陸進口佔台灣總進口百分比＊進口佔GDP百分

比）。

(b)此處兩岸貿易（不含香港）的數據是來自陸委會統計的兩岸貿易數據，兩岸貿易（含香港）的數據則是來自經濟部的統計數據。

雖然近年來，台灣對大陸的貿易依存度愈來愈高，從大陸獲取的貿易利益很大，我們是否就因此而滿足了呢？從經濟機會的角度來看，我們認爲其實台灣應該還有更多的機會利用兩岸的經貿關係，來增加台灣的經濟利益。在表二中，我們看到一九九一到二〇〇〇年之間，大陸的平均出口成長率爲十五・四%，而進口成長率爲十八・六%。⑥在同一期間，台灣對大陸出口（不含香港）的平均成長率爲十二・六%，進口成長率爲十・三%；若包括香港在內，則同一期間的出進口成長率分別爲十六・五%與二十・一%。上述數據顯示，在一九九一到二〇〇〇年之間，台灣對大陸的出口隨著大陸本身進出口的成長而成長，兩者之間呈現出相當高的關聯。

表二、兩岸三地經貿關係（單位：%）

年度	一九九一	一九九二	一九九三	一九九四	一九九五
大陸對全球出口成長率(a)	28.18	22.19	13.01	97.20	19.48
大陸自全球進口成長率(a)	32.02	30.74	34.72	66.38	10.92
台灣對大陸出口成長率(b)	42.4	34.7	20.6	12.3	16.0
台灣自大陸進口成長率(b)	47.1	–0.6	–1.4	17.1	21.8
台灣對大陸加香港出口成長率(c)	45.26	24.04	19.80	15.84	23.78
台灣自大陸加香港進口成長率(c)	54.89	12.93	8.50	23.60	45.46

一九九六	1.00	4.61	−1.7	0.5	3.53	−3.28
一九九七	20.55	2.16	0.0	10.2	6.98	23.79
一九九八	0.41	−1.53	−13.9	−5.1	−12.57	2.60
一九九九	6.15	18.15	−2.3	−1.6	11.89	9.08
二〇〇〇	27.69	35.69	17.3	21.6	26.18	27.31
二〇〇一	6.74	8.16	−8.1	−14.5	−9.52	−7.45
二〇〇二	22.35	21.19	17.0	0.9	29.42	24.26
二〇〇三	34.66	39.97	14.3	26.5	23.61	30.87

二〇〇四	35.32	35.79	25.2	15.0	28.81	47.68
二〇〇五	27.58	16.88	15.5	6.0	12.18	16.24
二〇〇六	23.86	16.77	9.7	10.5	14.81	20.10
二〇〇七	26.53	19.73	13.1	3.2	11.67	12.59

資料來源：(a)中國人民統計局，中國統計年鑑。
(b)陸委會，兩岸統計月報。
(c)中華經濟研究院，貿易趨勢預測季刊。

但是到二〇〇一年底，大陸加入WTO之後，與全球的經貿關係開始迅速的擴張，大陸的進出口開始快速成長。二〇〇一到二〇〇七的七年之間，大陸平均出口成長率達到二十五・三%，而進口成長率也達到二十・二%。然而，由於民進黨政府對於兩岸經貿的緊縮政策，使得在同一時期之內台灣對大陸的貿易成長率並沒有同比例增加。以台灣對大陸出口爲例，二〇〇一到二〇〇七年之間，台灣對大陸出口的平均成長率為十二．四％，與前十年的比率幾乎相同；若把香港計入，則出口成長率為十五．九％，仍然與前十年的十六．五％相近。

在自大陸進口方面，過去七年自大陸進口的平均成長率只有六．八％，甚至比之前的十．三％還要低很多。如果把香港計入，則平均進口成長率增加到二十．六％，與前十年相當。造成台灣自大陸進口速度遠低於對大陸出口成長的主要原因，在於目前我們對於開放大陸產品進口仍然有很多的限制。依國貿局的統計，到二〇〇七年十月為止，在二千二百四十一種農產品中，只開放了一千四百一十二項，還有八百二十九項沒有開放，未開放項目佔全部的三十七％。在八千六百九十項工業產品中，開放七千三百零四項產品，尚有一千三百八十六項不准進口，佔全部工業產品的十五．九％。

在兩岸貿易仍然有諸多的限制下，過去七年來，台灣無法充分利用大陸對外貿易快速成長的機會，來更大幅度的增加對大陸的出口與進口，否則台灣應該可以在兩岸經貿中獲得更多的經貿利益才對。⑦

投資限制影響廠商的競爭力

自從一九八七年底，台灣開放人民赴大陸探親以來，台商就藉此機會進入大陸投資。到二○○七年八月爲止，在經濟部投審會登記台商赴大陸投資的件數共有三萬六千二百三十五件，合計投資金額爲六百一十一・四億美元。⑧大致上來說，台商赴大陸投資有幾個趨勢：第一，投資產業由勞力密集產業逐漸轉向技術密集產業。第二，投資地區由東南沿海逐漸轉向長江三角洲。第三，投資金額逐漸增加，平均每件投資的金額由一九九一年的○・七百萬美元增加到二○○六年平均的七・○百萬美元。⑨

長久以來，由於大陸本身生產零組件的能力不足，生產出來的品質也不好，因此許多台商在大陸生產時，經常需要從台灣的母公司，或是其他的台灣公司，進口許多的零組件或半成品。因此，當台灣企業對大陸的投資增加時，就會帶動台灣對大陸的出口。這是一種典型的垂直分工，其結果造成兩個現象：一個是台灣每年從對大陸的貿易中賺取了大量的貿易順差；另一個是兩岸之間的貿易九成以上是原物料和半成品，我們又可稱之爲「產業內貿易」（intra-industry trade）。⑩

隨著大陸經濟快速成長，台商在大陸的規模也愈來愈大，他們在大陸投資所需要的資金也愈來愈多。另一方面，由於赴大陸投資企業中屬於高技術的產業也愈來愈多，他們投資所需要的資金也愈來愈大。然而，在民進黨政府執政的八年中，他們對於台商赴大陸投資的資金限制不曾做過任何的調整。以投資金額來看，仍然規定上市公司赴大陸投資金額不得超過實收資本的四十%為上限。

此外，在二〇〇六年元月，陳水扁總統宣布把兩岸經貿關係由「積極開放、有效管理」改成「積極管理、有效開放」以後，二〇〇六年四月，投審會把赴大陸投資金額在二千萬美元以下的投資案件的規定，由原來的報備改成「得」採審查制度。換言之，在這項新的規定之下，政府對於赴大陸投資的任何案件都進行審查，這對許多有意赴大陸投資的台商造成重大的不確定因素，而且也會增加心理上的壓力。

至於在限制高科技廠商赴大陸投資方面，二〇〇二年八月，民進黨政府開放八吋晶圓廠赴大陸投資。到六年後的今天，民進黨政府仍然不允許十二吋晶圓廠赴大陸投資。但是問題是，大陸中芯半導體早就在天津設有十二吋晶圓廠，也就是說，台灣赴大陸投資十二吋晶圓廠根本就不會有技術移轉的問題；反而是不去大陸設廠才會對台灣晶圓廠的競爭力產生不利的影響。

金融限制讓台資銀行失去先行者優勢

由於台商在兩岸之間的生意愈做愈大，二〇〇六年兩岸三地的貿易總額達到一千一百五十八・五億美元。同時，大陸台商從大陸出口的金額可能比兩岸的貿易總額還要大。再加上，台商在大陸要找大陸銀行融資比較困難，因此他們大都需要向台灣的母公司進行財務調度。不幸的是，民進黨政府顯然不在意上述台商的需求，也不在意台灣金融業在大陸可能的商機，過去七年來，兩岸之間金融往來的相關規定幾乎不曾有過任何重大的變革。到目前為止，兩岸之間最重要的兩項金融往來的限制仍然還沒有開放，一個是兩岸的貨幣清算機制，另一個則是開放銀行業赴大陸設置分行。

如果兩岸簽定貨幣清算協議，台灣的銀行就可以掛牌買賣人民幣。因爲台商需要大量的人民幣，而且每年有超過四百萬人次的台灣遊客去大陸旅遊，他們都需要使用人民幣，所以這些人民幣的買賣會給台灣的銀行帶來很多的商機。

另一方面，如果開放台灣的銀行赴大陸設置分行，則單單是與台商進行押匯、存放款、保證等各種金融活動，就足以大幅增加台灣銀行的商機。再加上近年來，爲了加入WTO，大陸快速地開放其國內的金融市場。台灣的銀行在台灣有豐富的經驗，與較好的管理，尤其又沒有語言上的障礙，對於進入大陸內陸的金融市場也會比其他外商有更多的機會。

然而，在民進黨政府意識形態的考量下，一直遲遲不開放台灣的銀行登陸大陸設置分行，使得台灣的銀行眼睁睁的錯失了許多的商機與擴大經營版圖的機會。最近兩年，許多國際知名銀行以購併或入股的方式，快速的進入大陸市場，並且積極的尋找與台商進行金融交易的機會。由於金融業有非常明顯的先行者優勢，如果這幾年台灣的銀行還不進入大陸，等到外商銀行先與台商建立完整的金融關係以後，未來台灣的銀行要再與捷足先登的外商銀行競爭，可能並不容易。

直航限制對經濟造成多方面損失

在目前民進黨政府對於兩岸經貿的諸多限制中，對於台灣經濟傷害最大的應該就是對於兩岸直航的限制。大致上來說，不開放直航對於台灣經濟的影響可分成四個部分來看：第一，不開放直航會增加台灣人民往來兩岸之間的交通成本與時間成本，這是最直接的損失。第二，缺乏直航會增加商品往來的運輸成本，因此會抑制兩岸貿易的成長，進而會降低台灣的經濟成長率。第三，在人員與商品往來的成本考量下，不直航會扭曲台商在兩岸之間的最適分工組合，使得台商無法在兩岸之間獲取最大的比較利益。第四，由於時間成本的增加，不直航也使得台灣無法成爲台商或外商把台灣當成亞太營運中心的機會。

首先，我們來看開放直航可以使得海空運成本降低多少，這些經濟利益就可以看成是因爲不直航而損失的機會成本。依譚瑾瑜（二〇〇二）與林祖嘉與朱雲鵬（二〇〇六）的計算，兩岸直航後，每年可以節省海空運的運費與時間成本的總和爲三百一十·三億元新台幣，見表三。不過，我們要特別指出的是，由於受到資料取得的時間限制，上述的分析是以二〇〇〇年左右的資料爲計算基礎所得到的結果。我們知道二〇〇七年兩岸人員與商品往來的數字要遠遠超過二〇〇〇年的數據，所以，現在開放直航的經濟效益應該會遠高於三百一十・三億元的估計數據。

表三、直航所節省的海空運成本估算

項目／區域	華北	華中	華南	合計
(1)直航後每人每航次節省飛行時間（分鐘）	170（轉機節省60分鐘＋飛行節省110分鐘）	205（轉機節省60分鐘＋飛行節省145分鐘）	185（轉機節省60分鐘＋飛行節省125分鐘）	560
(2)直航後每人每航次節省時間成本（元）	1,390	1,733	1,537	4,660

(3)估算空運客運人數（萬人次）	A.直航後節省時間成本（億元）(2)×(3)	B.直航後節省票價成本（億元）	直航後空運客運節省成本（億元）（A＋B）	(4)預估直航後每公噸節省的運費成本（元）	(5)估算空運貨運噸數（公噸）
30	4.2	19.8	24.0	11,900	22,917
100	17.3	103.1	120.4	11,150	24,838
140	21.5	127.9	149.4	16,255	16,260
270	43.1	250.7	293.8	39,305	64,015

C.直航後節省空運貨運成本（億元）(4)×(5)	2.7	2.8	2.6	8.1
直航後空運節省成本（億元）（A＋B＋C）	26.7	123.2	152.0	301.9
D.直航後海運節省成本（億元）	—	—	—	8.4
直航後節省的海空運成本總和（億元）（A＋B＋C＋D）	—	—	—	310.3

資料來源：譚瑾瑜（二〇〇二），林祖嘉與朱雲鵬（二〇〇六）。

其次，我們再來看開放直航後對於兩岸貿易與經濟成長效果的估計。如果不直航這些效果就不會出現，所以這些數據也可以看成是不直航造成的機會損失。在表四中，我們依據國內三篇文章所估計的結果可以看到，開放直航可以使台灣經濟成長率每年增加〇．〇一％到〇．四一％之間。同樣，我們要指出的是，受到資料的限制，表四中的三篇文章用的都是一九九七年左右兩岸的進出口數據。但是現在兩岸貿易的總額要比一九九七年時多出好幾倍，所以開放直航對於帶動台灣經濟成長的效果應該要比此處估計的結果高出好幾倍才對。

表四、開放直航對台灣總體經濟影響之估計

	陳麗瑛等（二〇〇二）	高長等（二〇〇二）	翁永和等（二〇〇一）
進口成長率	0.52%	0.82%	—
出口成長率	0.27%	0.71%	—
實質GDP成長率	0.15%	0.01%	0.41%

總產值成長率	0.16%	0.02%	0.03%

資料來源：林祖嘉與朱雲鵬（二〇〇六）。

附註：三篇研究報告的基本假設情境分別爲：陳麗瑛等（二〇〇二）假設兩岸直航可以使運費減少十四・六%，並採用GTAP一九九七年資料。高長等（二〇〇二）假設維持現有管制下，估計兩岸政府開放直航的效果，採用GTAP一九九七年的資料。翁永和等（二〇〇一）假設在WTO架構下，估計兩岸開放直航的效果，採用GTAP一九九五年資料。

第三，開放直航後，會讓台商有更多的機會在兩岸之間進行生產上的分工，台灣企業有更多的機會與大陸台商進行生產上的整合，因此，台灣也可以利用大陸的經濟成長來帶動台灣的經濟。反過來說，在不直航的情況下，由於運輸成本與時間的增加，很多台商被迫要直接到大陸設廠，以進行生產上的整合，台灣因此會失去很多利用大陸經濟成長所帶來的機會。

最後，如果兩岸開放直航，台灣由於地理位置的優越，有天然條件可以成爲台商與外商的亞太營運中心。另一方面，由於台灣廠商的生產技術很高，台灣的資訊非常發達，再加上台灣與大陸之間沒有任何語言上的障礙，所以台灣可以成爲外商進入中國大陸的平台，台商也因此有機會得到更多的商機。反過來說，在沒有直航的情況下，上述的經濟機會都不再存在，這些都可以看成是不直航所造成機會成本的損失。

觀光限制妨礙消費所帶動的乘數效果

最後，我們再來看看開放大陸人士來台觀光，可能帶給台灣的利益，而這些利益也可看成是不開放觀光所造成機會成本的損失。一般而言，開放觀光使遊客人數增加以後，先是由觀光客支出的增加直接的使消費增加，然後，再經過消費所帶動的乘數效果，使得國內生產毛額（GDP）的增加效果會比觀光客的實際支出要高。以香港和澳門爲例，二〇〇四年中港與中澳分別簽署更緊密經貿關係（CEPA）之後，大陸開放人民赴香港與澳門旅遊。結果在大陸觀光客大量湧入的情況下，造成港澳經濟大幅成長，見表五。其中過去四年來香港的經濟成長率平均爲七・一％，而同一期間澳門的平均經濟成長率更高達二十・四％。⑪

表五、CEPA對香港與澳門大陸遊客與經濟成長率的影響

	香港		澳門	
	大陸遊客人數（百萬人）	實質經濟成長率（%）	大陸遊客人數（百萬人）	實質經濟成長率（%）
二〇〇四	12.00	8.1	9.53	28.4
二〇〇五	12.54	7.3	10.46	6.9
二〇〇六	13.59	6.8	11.99	16.6
二〇〇七	12.91a	6.2b	14.02a	29.5b

資料來源：香港統計處 http://sc.info.gov.hk/gb/www.censtatd.gov.hk/home/index_tc.jsp.
澳門統計局 http://www.dsec.gov.mo/c_index.html

註：中港與中澳CEPA於二〇〇四年元月十日生效。

a：為二〇〇七年前三季。

b：為二〇〇七年一月至十一月。

至於開放大陸觀光客來台的效果如何呢？依交通部觀光局統計數據顯示，大陸人士來台每天支付一百九十二・一美元，平均來台停留七・一天。以上述資料為基礎，如果以目前民進黨政府計畫每天開放一千名大陸人士，每年三十六萬人次，則林祖嘉（二〇〇七）估計將可使觀光相關產業產值每年增加一百六十四・二億元新台幣，對GDP的貢獻為八十・六億元，見表六。但是這只佔台灣每年十兆GDP產值的千分之〇・八而已，因此，每年開放三十六萬人次對於台灣經濟貢獻的效果是很小的。

如果開放人數加到每年三百萬人次，則可使觀光相關產業的產值增加一千三百六十八億元，同時使GDP增加六百七十一・七億元，大約可以使台灣的GDP每年增加〇・六七%。⑫對於台灣目前每年經濟成長率在四%左右而言，〇・六七%的經濟成長率可說是一個相當可觀的數據。

那麼，每年開放三百萬人次大陸觀光客是不是一個很大的數目呢？相對於目前每年有超過一千多萬人次的大陸觀光客進入香港與澳門來看，三百萬人次來台灣觀光應該不算是一個太大的數目。另外，再以目前台灣每年有超過四百萬人次赴大陸來看，即使每年有三百萬人次的人陸人士來台觀光，仍然比台灣去大陸的人數還要少，這對台灣而言仍然是有負的觀光支出。再說，大陸有十三億人口，每年有三百萬人來台觀光實在不是一個很大的數字。

其實，台灣不應該擔心開放以後會有多少大陸觀光客願意來台旅遊，台灣要擔心的是有沒有足夠的旅館、商店與其他配套設施，來接待大陸的觀光客。事實上，由於這兩年一直有傳說民進黨政府即將開放大陸人士來台觀光，所以目前國內有超過三十家以上的國際觀光飯店在興建當中。也就是說，如果政府真的大量開放大陸人士來台觀光，台灣觀光產業的相關投資一定會大幅增加，這對於台灣不動產業也會有很顯著的助益。

表六、開放大陸人士來台觀光的經濟效益

	情境（一） 每年三十六萬人 （每天一千人）	情境（二） 每年一百萬人	情境（三） 每年三百萬人

觀光相關產業產值估計（億元新台幣）	164.2	456.0	1368.0
觀光產業GDP產值估計（億元新台幣）	80.6	223.9	671.7
觀光產業就業人數估計（人）	8706	24718	72534

資料來源：林祖嘉（二〇〇七）。

另外，由於觀光產業屬於勞力密集型產業，因此開放大陸人士來台觀光也可以大量增加就業的機會。林祖嘉（二〇〇七）的估計結果顯示，如果每年開放三十六萬人次的大陸觀光客來台，預計可以使觀光產業增加八千七百零六個就業機會，佔目前國內就業人數的〇・〇九％。而如果每年開放三百萬人次的大陸觀光客，則可以創造七萬二千五百三十四人的就業機會，佔就業人數的〇．七三%。這對於降低目前國內四%左右的失業率而言，是非常有幫助的。而且，觀光產業所創造的就業機會大都是非技術性勞動的就業，而目前國內的失業人口又是以非技術工人爲主，所以這些新創造出來的就業機會正好可以提供給這些失業人員就業之用。

加速開放兩岸經貿以活絡經濟

在過去民進黨政府執政的八年中，由於執政無能、高官貪腐，再加上堅持意識形態治國，結果造成台灣經濟一再向下沉淪，包括經濟成長率大幅下滑、失業率大幅上升、所得分配急遽惡化等等。另一方面，中國大陸的經濟卻以每年將近十%的速度快速成長。在大陸經濟快速成長的帶動下，兩岸經貿的數字也日益放大，對於台灣經濟的重要性也逐漸增加。

不幸的是，民進黨政府在意識形態的考量下，對於兩岸經貿的政策採取保守與嚴厲的原則，結果不但迫使許多台商和外商遷往大陸，也使台灣整體的國際競爭力逐漸衰退。我們從兩岸貿易、投資、金融往來、直航與開放觀光等各個層面，都很清楚的看到因爲兩岸經貿政策的不開放，而導致台商損失了很多的商機，也進而使得台灣無法更進一步的利用大陸經濟發展的機會來帶動台灣的經濟成長。換言之，過去八年以來，由於民進黨政府在兩岸經貿政策的不當，使得台灣失去了很多應該享有的利益與發展，這種潛在的損失可能遠遠超過我們的估計。

最後，我們要說的是：加速兩岸經貿關係當然不是台灣唯一可以走的路，但絕對是不可缺少的一部分。在不開放兩岸經貿的情況下，台灣發展經濟會是事倍功半，就像是現在的民進黨政府；反之，如果能活絡兩岸經貿，台灣未來要發展經濟，就會是事半功倍。因此，未來不論是哪一黨上台，開放兩岸經貿一定是首要的任務之一。

林祖嘉，現爲政治大學經濟系教授，美國洛杉磯加州大學大學博士，曾任政治大學經濟系主任，研究領域爲大陸經濟、住宅經濟等。

註釋

① 關於探討民進黨政府執政經濟成長表現的文章，可參見Cheng, Liang, and Lin (2003) 及 Lin and Tong (2008)。

② 關於民進黨政府兩岸政策的討論，可參考高希均等（二〇〇六）與林祖嘉（二〇〇六a）的討論。

③ 實收資本在五十億台幣以下的部分，赴大陸投資比率不得超過四十％；實收資本在五十億到一百億之間

的部分，投資比率不得超過三十%；實收資本在一百億以上的部分，投資比率不得超過二十%。

④關於兩岸經貿對於台灣經濟發展的一般性分析，可參見林祖嘉（二〇〇五）的討論。

⑤關於近年來台灣經濟成長率的分析，可以參考Cehgn, Liang, and Lin (2003)的分析。

⑥由於一九九四年大陸出口成長率高達九十七．二%，我們覺得其中可能有統計上的錯誤，所以此處我們將該年忽略不計入統計中。

⑦其實兩岸經貿對於台灣經濟的影響可以分成兩部分，一個是此處我們估算兩岸貿易對於台灣經濟成長的實際貢獻；另外一部分則與兩岸產業的分工有關。因爲如果兩岸的原物料與產品可以完全的自由移動，則台商會在兩岸之間做最適當的生產分工，長期下這對於提升台灣國際競爭力會有很大的助益。

⑧若以大陸官方統計資料顯示，台商投資的總件數則爲七萬四千零六十三件，實際到位的金額爲四百四十八．四億美元。

⑨關於台商在大陸投資與營運狀況，可參考高希均等（一九九二，一九九五）的分析。

⑩關於台商投資對兩岸產業分工及對台灣經濟的影響，可參考林祖嘉（二〇〇五）與Lin（二〇〇五）的討論。

⑪在大陸開放人民赴港澳自由行以後，赴香港與澳門的旅客人數超過一千萬人多一點，但是香港的人口有六百多萬，而澳門人口則只有五十萬，因此因爲大陸觀光客消費而帶動經濟成長的效果程度自然有所不

同。

⑫在林祖嘉（二〇〇七）一文中，是以大陸觀光客的實際消費估計爲準，來計算對於GDP的貢獻。但是，我們知道消費會產生一連串後續的連鎖支出效果，也就是所謂的乘數效果，所以林祖嘉（二〇〇七）所估計的結果會是一個最低的估計效果，眞實的效果應該會明顯的高於此一估計數據。

經濟篇

經濟發展衰退，國際競爭力銳減

朱雲鵬
（中央大學台灣經濟發展研究中心主任）

過去七年多以來，台灣的經濟發展明顯地趨緩，國際競爭力向下滑落。根據二〇〇七年世界經濟論壇（WEF）發布的最新全球競爭力評比，台灣的競爭力排名從二〇〇六年的第十三名滑落到第十四名，反觀同屬亞洲四小龍的韓國，從二〇〇六年的第二十三名迅速竄升到第十一名，這是台灣第一次被韓國超越，且在亞洲四小龍的排名中敬陪末座。

此外，瑞士洛桑管理學院（IMD）於二〇〇七年公布的世界競爭力排名中，台灣從二〇〇六年排名第十七名退步到二〇〇七年的第十八名，而中國大陸首次超越台灣，從二〇〇六年的第十八名進步到二〇〇七年的第十五名。從上述的紀錄可知，當鄰國正積極追求國強民富時，台灣不僅沒有守住過去奮鬥出的輝煌成績，反而在揮霍既有的財富，此現象確實令人憂心。

經濟成長率是最能直接看出一個國家整體經濟景氣表現的指標，與國家的財富及就業機會存在正向關係。根據行政院主計處公布的台灣歷年經濟成長率資料，若將二〇〇〇年政黨輪替前七年（一九九三~一九九九）的表現，與政黨輪替後七年（二〇〇〇~二〇〇六）的表現相互對照，可以明顯看出前一時期經濟成長率平均為六．二八%，但後一時期的經濟成長率平均只有三．七%（詳見表一），大概只有前者的一半，不僅是亞洲四小龍的最後一名，也是日本除外的亞洲國家中的最後一名。

表一、一九九三～二〇〇六經濟成長率（政黨輪替前後比較）

二〇〇〇年政黨輪替前		二〇〇〇年政黨輪替後	
年別	經濟成長率（%）	年別	經濟成長率（%）
一九九三	6.90	二〇〇〇	5.77
一九九四	7.39	二〇〇一	−2.17
一九九五	6.49	二〇〇二	4.64
一九九六	6.30	二〇〇三	3.50
一九九七	6.59	二〇〇四	6.15
一九九八	4.55	二〇〇五	4.16

一九九九	5.75	二〇〇六	4.89
平均成長率	6.28	平均成長率	3.37

資料來源：行政院主計處統計資料庫 http://61.60.106.82/pxweb/Dialog/statfile9L.asp

失業率高，大專畢業生所得減少

失業率是指有意願但無工作者，在勞動人口中所佔的比率。失業不但會直接對個人的經濟安全造成衝擊，也會對身心健康產生負面影響，如果失業率過高，對國家社會而言，無異是一股潛在的危機。

根據行政院主計處發布的數據（參見表二），台灣的失業率從二〇〇一年（政黨輪替的第二年）開始，就一直維持在四%～五%左右，反觀政黨輪替前（一九九三～一九九九）的失業率，大約只有前者的一半。

表二、一九九三～二〇〇六失業率（二〇〇〇年政黨輪替前後比較）

二〇〇〇年政黨輪替前		二〇〇〇年政黨輪替後	
年別	失業率（%）	年別	失業率（%）
八十二年平均（一九九三）	1.45	八十九年平均（二〇〇〇）	2.99
八十三年平均（一九九四）	1.56	九十年平均（二〇〇一）	4.57
八十四年平均（一九九五）	1.79	九十一年平均（二〇〇二）	5.17
八十五年平均（一九九六）	2.60	九十二年平均（二〇〇三）	4.99
八十六年平均（一九九七）	2.72	九十三年平均（二〇〇四）	4.44
八十七年平均（一九九八）	2.69	九十四年平均（二〇〇五）	4.13
八十八年平均（一九九九）	2.92	九十五年平均（二〇〇六）	3.91
八十二～八十八年平均失業率	2.25	八十二～八十八年平均失業率	3.89

資料來源：行政院主計處統計資訊網 http://www.stat.gov.tw/ct.asp?xItem=17144&ctNode=517

造成失業率高的因素，是台灣的整體經濟環境惡化，致使國人及外商的投資意願大幅下降。最近幾年，歇業的廠商數量有日益增加的趨勢，留下來的製造業者為了提高本身在同業間的競爭力，逐漸趨向資本、技術密集化，所以能夠吸收的一般就業人口愈來愈少。事實上，能夠吸收大量就業的產業是服務業，但台灣服務業的GDP占總體的七十二%，就業只占五十八%，顯然未充分發揮應該具備的提供就業功能，這是造成台灣就業機會減少、失業率攀升的關鍵。

除了失業率居高不下的問題之外，近來國人亦深刻感受到原物料價格上漲，所導致民生必需品的價格攀高的苦楚。受到通貨膨脹影響所及，過去六年（二〇〇一～二〇〇六）受薪階級實質所得的上漲幅度只有一・一%，平均每年只增加〇・一八%，近三年則呈現負成長。在薪資水準方面，二〇〇〇年擁有大學文憑的畢業生，第一份工作的起薪平均為二萬八千元，但根據目前的調查顯示，大學畢業生（含公、私立大學）進入職場的平均起薪卻僅有二萬六千元，具有碩士文憑的社會新鮮人也只有三萬一千元的薪資水準。若從不同學歷的平均收入水準來看，大專畢業生平均每月收入較政黨輪替前減少四・八%，大學及研究所畢業生所減少甚至達十・八%。

貧窮者更貧，自殺率攀高

過去台灣家庭所得分配中，最富五分之一與最貧五分之一兩者間的比率不到五倍，然而，隨著M型社會的來臨，富人愈富，窮人愈窮，此一比率有逐漸擴大的趨勢，既有的紀錄顯示，此一比率曾達到六・四，而根據主計處二〇〇五年的資料顯示爲六・〇二；但這些數據可能低估了不均度。過去的台灣社會中，絕大多數的家庭屬於中產階級，最富與最貧的家庭只是少數，此一數據失眞的程度較小，但當一個社會逐漸趨向M型化的兩個極端時，低估的誤差將隨之逐漸升高。

二〇〇〇年政黨輪替七年多以來，台灣最窮的五分之一家庭所得不升反降，這類家庭的名目所得下降了九%，而實質所得下降的幅度更是達十二%之多，這項數據明顯地反映出，台灣社會中屬於中下階層的人民，其生活水準及生活品質受到嚴重的損害。

M. H. Brenner博士指出，失業會從三個面向威脅人們的健康。第一，失業所造成的貧窮使得人們的營養、居住以及醫療照護的條件下降。第二，失業造成的社會心理壓力，如自尊喪失、社會隔離等都將大大提高罹病的機率。第三，失業可能讓人們以不健康的行爲來當作防衛機轉，如吸菸和喝酒等，也會導致犯罪率及自殺率增加。

根據行政院衛生署統計國人死因及其死亡率的資料顯示（參見表三），從二〇〇〇年開始，自殺就位居國人前十大死因排行榜的第九名。從圖一可以明顯看到自殺及自傷死亡率從二〇〇四年的十五・三%急遽上升到二〇〇五年的十八・八四%，人數則是從三千四百六十八人增加到四千二百八十二人。二〇〇六年有四千四百零六人選擇以自殺的方式結束自己的生命，幾乎佔了死亡總人數的三分之一，換算下來等於平均每兩小時就有一個人自殺身亡，這是令人十分痛心的現象。

表三、二〇〇〇～二〇〇六年台灣自殺及自傷死亡資料

年別	所有死亡原因		自殺及自傷			自殺及自傷死亡人數佔所有死亡人數比率（‰）
	死亡人數	每十萬人口死亡率	死因順位	死亡人數	每十萬人口死亡率	

八十九年（二〇〇〇）	124481	561.12	9	2471	11.14	19.85
九十年（二〇〇一）	126667	566.97	9	2781	12.45	21.96
九十一年（二〇〇二）	126936	565.08	9	3053	13.59	24.05
九十二年（二〇〇三）	129878	575.63	9	3195	14.16	24.60
九十三年（二〇〇四）	133679	590.28	9	3468	15.31	25.94
九十四年（二〇〇五）	138957	611.34	9	4282	18.84	30.82
九十五年（二〇〇六）	135071	591.81	9	4406	19.30	32.62

資料來源：行政院衛生署網站 http://www.doh.gov.tw

圖一、二〇〇〇～二〇〇六年台灣自殺死亡率

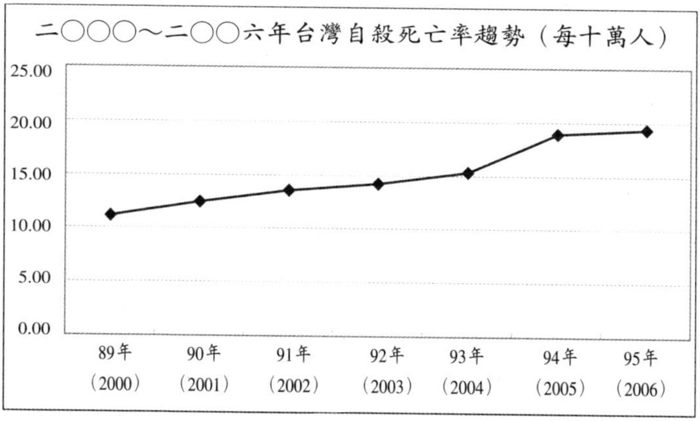

資料來源：行政院衛生署網站 http://www.doh.gov.tw

過去七年間，對外政策相當保守，對服務業的管制則嚴格依舊。管制的結果，沒留住錢，反而加速國人資金外流。以金融業爲例，當新加坡、香港和韓國等亞洲其他地區正積極進行開放和改革的同時，台灣原地踏步，使得國人資金加速外流。國人對海外的證券投資從二〇〇四年的百二十億美元，增加到二〇〇六年的四百一十億美元，二〇〇七年光上半年就達到二百八十億美元，若按照這樣的速度發展下去，台灣金融業的財富管理業務遲早會被淘汰出局。據估計，台灣居民存放在國外的財富有五兆，而我們的許多優秀金融從業人員，都轉到總部不在台灣的外商銀行任職，人才嚴重外流。台灣的封閉政策，造就了新加坡和香港的財富管理業務，對於該兩地GDP的成長，有重大的貢獻；可悲可悲。

政黨輪替後的新政府執政期間，與國家重大決策息息相關的行政院院長、經濟部部長以及財政部部長等要職，在七年內均各更換六位（詳見表四、表五及表六）。頻頻更換部會首長的結果，可能在不少的情況下導致下屬官員無所適從，也會影響到施政的延續性，以及經濟發展的表現。

表四、歷任行政院長

姓名	任職日期
唐　飛	二〇〇〇・五・二十—二〇〇〇・十・六
張俊雄	二〇〇〇・十・六—二〇〇二・二・一
游錫堃	二〇〇二・二・一—二〇〇五・二・一
謝長廷	二〇〇五・二・一—二〇〇六・一・二十五
蘇貞昌	二〇〇六・一・二十五—二〇〇七・五・二十一
張俊雄	二〇〇七・五・二十一—

資料來源：行政院網站 http://www.ey.gov.tw

表五、歷任經濟部長

姓名	任職日期
林信義	二〇〇〇・五・二十—二〇〇二・一・三十一
宗才怡	二〇〇二・二・一—二〇〇二・三・二十
林義夫	二〇〇二・三・二十一—二〇〇四・五・十九
何美玥	二〇〇四・五・二十—二〇〇六・一・二十四
黃營杉	二〇〇六・一・二十五—二〇〇六・八・八
陳瑞隆	二〇〇六・八・九—

資料來源：經濟部網站 http://www.moea.gov.tw/

表六、歷任財政部長

姓名	任職日期
許嘉棟	二〇〇〇・五—二〇〇〇・十
顏慶章	二〇〇〇・十—二〇〇二・二
李庸三	二〇〇二・二—二〇〇二・十二
林　全	二〇〇二・十二—二〇〇六・一
呂桔誠	二〇〇六・一・二十五—二〇〇六・七・四
何志欽	二〇〇六・七・四—

資料來源：財政部網站 http://www.mof.gov.tw

這幾年台灣經濟發展的遲滯，其中受害最深的莫過於中低收入家庭、中小企業與中南部：⑴最低二十%所得家庭可支配所得從政黨輪替前（一九九九年）的三十一萬七千元，縮減到二〇〇六年的三十萬四千元。⑵歇業工廠數量從一九九九年的三千九百八十二家，增加到二〇〇六年的六千八百六十八家。⑶台中、彰化、南投地區以及高雄縣市、屏東地區平均失業率分別爲四．一%、四%，均比台灣當年三．九%的失業率來得高。

台灣經濟蕭條以及社會貧富不均的問題，對全體人民所造成的衝擊，不僅涉及個人的所得與財富，亦涉及台灣的南部與北部兩大區域間的隔閡。比較而言，北部地區平均而言全球化較深，並在此趨勢中獲利，相對而言，南部居民在全球化潮流中感受到的弊往往大過於利，如傳統產業爲了降低勞力成本而將廠房外移。這樣的差距在未來必須快速的彌補，才不會造成社會問題。

開民主的倒車

民主化的到來，固然減低了效率，卻有效地矯正了過去威權時代的一些不公平現象，如打壓異己、打壓勞工和打壓環保，是值得歡迎的。不過，民主化的本身在目前已經遭遇到重大的挑戰，甚至處於「開倒車」的情形。我們試舉一二例：第一，報紙報導指出，總統曾考慮實施戒嚴，這種言論是徹底地反民主，導致民心惶惶不安，但總統本人卻是在報導刊出後隔了一天才公開否認。第二，執政黨立法委員四度以拳頭阻止「中選會組織法」進入討論（不是表決）程序，此種行爲在正常民主社會是不可能出現的。然而，更令人驚訝和匪夷所思的是，當這些事件發生後，竟然沒有知識分子出聲譴責，也沒有公民團體公開抗議，宛如大家都變成了「沉默的羔羊」。

一般而言，當一個國家由民主政體走回頭路轉回爲威權時有幾個階段。在第一個階段中，社會上開始有人使用不民主的、粗暴的語言來陳訴他們的意見，令人擔憂的是，至少在立委選前，這類威權語言的聲音在台灣社會有日趨壯大的跡象，但沒有任何譴責他們的人士出現，無人出面捍衛民主。在第二個階段中，實際威權性的行動就會出現，起初會從微乎其微的事情作爲開端，讓人民毫無警覺，到第三階段再一步步擴大成實際威權。

當年希特勒並非在瞬間由民主政體轉爲獨裁統治，納粹屠殺猶太人也不是一次就將全數的猶太人屠殺殆盡，而是先逮捕一小批猶太人，讓其他猶太人心存僥倖，接著政府便逐漸擴大逮捕猶太人的人數。其他開發中國家如中南美，也有許多類似的，由民主轉回爲威權的實例。

台灣應以新思維開展未來

當鄰近國家如印度、東歐、巴西、韓國等都在快速進步、拚經濟時，台灣的經濟發展已經停滯不前多年。事實上，台灣擁有全世界最頂尖的人才以及最難得的資源——企業家精神，只是這些優秀的人才與資源需要在優良的制度下才能發揮他們最大的功能。台灣的新領袖或許應從下列三個方向努力：公共建設、產業振興、國際視野。

推動公共建設

公共建設在台灣創造出舉世聞名的經濟成就與發展，在台灣經濟發展的每個階段，公共建設相關產業均扮演著十分重要的關鍵角色，可說是國家經濟持續發展與國民生活水準提升的原動力，不僅能提供廠商便利的營運平台，更能進一步提升產業的生產力及競爭力，讓傳統產業升級、科技產業維持其競爭優勢。

此外，公共建設可促進台灣區域均衡發展、營建產業創新基礎環境、打造城鄉新風貌、加速智慧資本的累積以及永續發展。尤其前述的南北差距更可以透過公共建設來做補充，例如將高雄發展爲自由貿易港，將台南發展爲文化創意園區……等。

產業振興

未來應以產業創新、新興產業，以及政策鬆綁做爲三大主軸，透過創新（innovation）、永續（sustainability）、開放（openness）三大理念，達到創造就業機會、建設美麗家園，以及打造台灣新形象的目標。

產業的振興將有助於創造就業機會，其中尤以旅遊業、醫療服務業所帶來的成效將最爲可觀。台灣的旅遊業一直存有龐大的「貿易赤字」，其中以兩岸遊客人數不對等最爲嚴重。以二〇〇六年爲例，出國人次達八百七十萬，但入境人次只有三百五十萬，其中只有一百五十萬人次是專爲觀光而來台。若單看兩岸來往的人次，前往中國大陸有四百四十萬人次，中國大陸來台的只有二十七萬四千人次。若開放中國大陸遊客來台觀光，應能在四年內爲台灣帶來二千億台幣的觀光收入，同時也爲台灣人民增加大量就業機會，初步預估在第一年可新增四萬個工作機會，四年內還可另外創造十萬個工作機會。

新興的旅遊醫療產業亦是台灣未來可以發展的目標，全球旅遊醫療市場預估二〇〇七年有二百六十億美元，到二〇一〇年可達四百億美元。泰國極力發展，二〇〇五年吸引了一百一十萬顧客，所得收入預估今年爲十三億美元，二〇一二年要達到二十一億美元。台灣不應缺席。我們提供的服務品質不差，但成本可以只有美加的三分之一到七分之一，確有可爲。可以分兩個步驟來做，第一是發展觀光醫療，也就是利用客人來台觀光，順道進行如健康檢查等較簡單的醫療服務。第二步是就台灣拿手項目，直接發展國際醫療。活化後的產業將能在四年間爲台灣新增三萬個工作機會，連同原來就業，每年對GDP的貢獻達到三千八百億台幣。

葛林斯潘在其新書《我們的新世界》中，有一章提及美國貧富不均的問題，他認爲解決方案不是採取保護主義，亦非鎖國政策，而是以自由開放取代保守限縮，讓美國更加開放，吸引國外的技術人員願意到美國工作。近年來台灣社會對於不同政治信仰的包容性逐漸喪失，此現象將不利於留住人才。同樣的，假如我們要解決台灣貧富不均的問題，除了加速培育人才、改善生活環境和社會風氣，俾利本國人才願意根留台灣外，也應該透過消除不合理的管制與制度改革，使台灣走入國際，同時以更寬大的胸襟包容各種文化、各地人才。若能將台灣發展成創新中心，將科技預算維持在每年八至十%的成長，以「產學合作」爲中心來強化國家創新系統，廣設「研究發展園區」，應能使台灣科技人才留在台灣，還可吸引國外科技人才來台。

若政府當局能將台商對外投資視爲台灣經濟實力的擴張，就應該用新思維重整赴大陸投資之管制政策。如果企業在台灣設立營運總部，或在台灣從事關鍵技術研發，就能放寬其赴大陸之投資限制。政府也應當採取積極政策，鼓勵企業在台設立「全球營運總部」，發展全球品牌，以跳脫代工製造之毛利下降的困境。

不過，所有這些構想，都必須立基在「民主、法治」之上才有可能。已故的溫世仁曾說，每個國家有其平台，也就是「稟賦」。他說，台灣的稟賦是創新、開放，且這些稟賦最重要的基礎就是民主、法治、包容，一旦這些基礎被剝奪，台灣生產力上升的靈魂將隨之殞落，將導致許多台灣人才離開台灣，競爭力也將逐漸沉淪。

經濟歷史學家Cipolla表示，西歐的經驗顯示，文化、政治或社會階層方面包容力愈低的國家，其人才將逐漸轉移到他國，是影響各國不同經濟表現的最重要因素。"Throughout the centuries the countries in which intolerance and fanaticism prevailed lost to more tolerant countries the most precious of all possible forms of wealth: good human minds. The qualities that make people tolerant also make them receptive to new ideas. The inflow of good minds, and a receptiveness to new ideas were among the main sources of the success stories of England, Holland, Sweden, and Switzerland in the 16th and 17th centuries." 謹以此段文句之引用，作爲本文的結語。台灣要有未來，有，而且只有一條路可走，就是「民主、開放、包容」，願大家共勉之。

朱雲鵬，現爲中央大學經濟系教授暨台灣經濟發展研究中心主任，美國馬里蘭大學經濟學博士，研究領域爲開發中國家的經濟發展、台灣經濟發展、所得分配與產業經濟。

財政篇

政府債台高高築，金融競爭力直直落

韋伯韜（前行政院主計長）

台灣首次政黨輪替後，民進黨政府施政錯誤連連，讓整體經濟環境陷入前所未有的衰退，財政惡化，國債高舉。八年以來，政府賣祖產，借國債，國家信用評等下降。事實上，台灣財政面臨的問題，就像當初銀行濫發信用卡及貸款，沒有作完整的財務狀況評析，也沒有中長期償債的計畫，國債造成的災難，正讓台灣一步步走向破產之路。

各種債務合計超過十三兆

國家財政就如同個人的財務，舉債是應該有限度的，當入不敷出，就有破產的危機。過去，因爲銀行貸款及信用卡限制過鬆，讓許多人陷入債務風暴，不僅產生許多的卡奴悲歌，問題銀行也無法承受呆帳，一家家被政府接管，如果沒有政府拿納稅人的錢來救銀行，這些銀行早已破產。銀行可以救，但國家財政除了用加稅賣祖產外，是難以挽救的。

政黨輪替後，政府收支入不敷出，支出浮濫，國債累積速度爲以往的兩倍，造成財政收支嚴重失衡，台灣經濟更經歷前所未有的負成長，民間消費、投資大幅滑落。九十年經濟成長率爲空前的負二．一八%。爲了挽救經濟，在行政部門「振興景氣」的飾辭下，減稅與舉債增加支出的財政政策大行其道，一再規避法律的限制，破壞財政紀律，不斷的舉債，以至於過度犧牲與傷害財政。

九十七年中央及地方政府總預算，未償長期債務一項即累積到三兆九千八百五十一億元之多，如加計總預算之短期債務、非營業基金的長短期債務、營業基金之潛在國債、勞保及退撫基金虧損、積欠人民帳款等各種隱藏債務，更高達十三兆元以上，嚴重降低國家競爭力，平均每個家庭要負擔一百八十五萬元的政府債務；然而，有多少家庭的年所得會遠超過一百八十五萬元而可以負擔這個債務？這也證明台灣正往破產國家之路前進。

台灣國債問題嚴重，國際組織各項評比不斷警告。在世界經濟論壇中WEF，表現最差勁的，就是政府赤字的問題。另外，國際貨幣基金會（IMF）、洛桑管理學院（IMD）、標準普爾（S&P）、惠譽（Fitch）等國際組織，也相繼警告，我們應當正視國際組織對台灣警示。

組織	評比報告	評比結果
世界經濟論壇（WEF）	二〇〇六—二〇〇七年全球競爭力報告	台灣總排名第十三，但屬於總體經濟環境評比下之「政府赤字」項目，台灣排名第七十二。

瑞士洛桑管理學院（IMD）	二〇〇七年全球競爭力報告	台灣總排名第十八，中國上升到第十五，追過台灣。「政府效能」項目，台灣爲第二十名。
標準普爾（S&P）	台灣主權評等（二〇〇七・十・十）	台灣評等展望維持「負向」，台灣無效率的政策環境讓必要的改革持續延宕，加上過度分散的銀行體系出現不健康的競爭，降低了財務穩定度。
惠譽（Fitch）	台灣主權評等（二〇〇六・十一・十三）	台灣評等展望維持「穩定」。根據惠譽報告指出，台灣結構性財務赤字與比較高的政府負債占GDP（國內生產毛額）比率，是評等主要的負面因素，進一步惡化將對評等有負面影響。
國際貨幣基金會（IMF）	專題調查	針對二十九個具代表性新興國家的債務進行調查，發現政府累計債務占GDP比率的中位數爲二十五%，我國三十三%的債務比率明顯高於中位數，而中央政府穩定性財源祇占GDP

的十三・五%，在全球排名中墊底。IMF並且提醒，在財源太少、負債過重下，若再有天災或外在衝擊，台灣財政恐難有應變能力。

國家債務的高低，係評量政府施政的重要指標，也是跨國企業投資該國的參考因素之一，因此世界知名研究機構皆會定期檢視各國的債務情形，以提供全球投資者作參考。債務的高低與國力的強弱也息息相關，因此國家債務惡化將產生下列危機與影響包括降低國家國際債信與幣值、降低國際競爭力、排擠經常支出、加稅勢難避免、代際負擔不公、擴大所得差距、經濟益形困頓及公債發行不定影響執行力等。

龐大債務阻礙經濟發展

持續擴大的財政赤字及龐大的債務負擔，終將成爲國家經濟發展的嚴重阻礙。造成我國預算失衡的主因，在於政府無力增加收入且支出浩繁，又未能恪守財政紀律。面對預算收入與支出的嚴重失衡，政府在開源不易、法定負擔經費沉重、預算結構僵化的情形下，具有隱蔽性質的公債發行與賒借等舉債方式，就成爲彌補財政赤字快速且便宜的手段，債務餘額因而節節攀升。

從稅制不健全及稅負不公的主題來看，當前租稅結構的弊病，已非只是患「寡」，更有患「不均」的問題。長期以來，我國國民租稅負擔率偏低，平均不到十三％，不及韓國二十一％、大陸十九・六％、日本二十％、香港的十七％，更不及OECD國家平均數（約二十八％）的一半，嚴重影響國家財政的穩定性；另外，獎勵投資條例一用就是數十載，異常的減稅幾乎成了正常的稅負徵納運作一部分，即使功成身退，仍然借屍還魂以促進產業升級條例繼續獎勵產業，各種減免稅負法令更是多如牛毛。政府來者不拒減免稅負的結果，業已造成稅制嚴重向高科技及金融業者傾斜，況且台灣竟然有五十一％的人不用繳稅，其中三十一％不用申報，二十％申報了不用繳稅，貧富懸殊及社會階級M型化的問題日益惡化。

當前租稅重擔幾乎都落在辛苦賺取微薄工資的薪資所得者身上，許多坐擁豪宅、龐大股票與金融資產的企業家，本著避稅與節稅的先天優勢，以及政府租稅減免適用範圍過於浮濫，反而得以悠哉享受，不需負擔龐大稅額。根據行政院主計處的資料顯示，全國三十五％的總稅收（或七十五％的綜合所得稅）來自薪資階層，而非資本利得者。財政部的資料也顯示，二〇〇三年我國所得超過三億元的前四十大富豪，總所得約爲二百七十億元；其中有十五人有效稅率不到一％，更有八個人連一毛錢的稅都不用繳。中研院最新的一項調查更發現，台灣人年所得在八百萬元以上的，從一九九八年的六千三百餘人，上升至民國二〇〇三年的八千五百餘人，成長僅為三十三%，但分毫未繳稅的卻從一九九八年的三人，飆增至二〇〇三年的四百人，漲幅高達一百三十三倍。

我們並非否定高科技及金融產業對經濟發展及國內建設的貢獻，但必須指出，在國內生產毛額提升及提供就業機會、便利國人日常生活上亦有極佳表現的傳統產業，相對之下享受的稅負優惠即相當有限；再進一步言，廣大的受薪階段，每毛每分的收入大都屬於應課稅所得，相對高科技、金融產業的從業人員遍享員工分紅等配股稅負從低的好處，一國兩制弊端極其明顯，稅制亟待改革也就不言可喻了。

變賣祖產成為重要的歲入來源

民進黨執政後，為了補足國庫的不足，變賣土地成了另一項政府重要的歲入來源。根據國有財產局的資料，在政黨輪替前，平均每年約賣出一百五十億元國有土地，但民進黨執政後，二〇〇一年至二〇〇四年賣掉八百七十六億元，二〇〇五年與二〇〇六年再賣掉八百七十三億元，總共約一千七百億元，平均每年要賣出近三百億元，金額規模約超過國民黨時代的二倍。政府長年來都有釋出非公用土地的案子，所不同的是，過去一直以讓售為主，為的是要配合民間需求，近兩、三年來，為配合預算收入，因此國有土地改以標售為大宗，標售公有國土已超過中央財政收入的二%。重點是，這些國家所有的土地多半在精華區。

另外，民進黨通過出售出租公有土地，被質疑是以此建立政商關係。例如，擁有大量土地的臺糖公司將大片土地低價出售給燁隆鋼鐵企業集團。燁隆鋼鐵集團興建的義守大學與義守醫院租用的臺糖公司土地每平方公尺月租金只有二元新台幣，租金之低，讓外界不可思議。

近年來，不僅國有土地成為政府籌措財源的重要管道，國營事業資產更是被假民營化之名，以優惠價格釋出重要事業公股給特定財團。一九九九年僅五十八億元，政黨輪替後，變賣金額遽增，二〇〇〇至二〇〇五年度，國營事業分別變賣資產達二百零五億元、一百三十七億元、一百七十九億元、二百四十七億元、一百九十九億元，每年都是過去的四至五倍。依據主計處的財政預算與出售股票計畫，預算累計出售股票達五千二百億元新台幣，目前已有效出售約一千億元新台幣。

陳水扁總統不斷讚揚公營企業改造成功，二〇〇三年八月十三日，陳水扁參觀中船公司與唐榮公司時表示，二〇〇〇年他上任時，十二家公營企業有七家虧損，其中中船公司與唐榮公司的虧損就達一百億元新台幣，現在這兩家公司都已轉虧為盈。是不是民進黨經營公營企業眞的比國民黨好？其實，公營企業總體經營情況並沒有大的改善，關鍵在於民進黨比國民黨更會做「帳面文章」，會宣傳造勢。事實上，這幾家公營企業經營財務情況有所好轉，主要還是靠賣祖產土地、減薪裁員與減少編列退休金等方式實現的，目的就是要樹立典型，爲選舉營造利多氣氛。事實上，民進黨上台後，多家大型金融機構如台灣銀行、土地銀行、合作金庫與中央信託局等因配合股市與當局財經政策等，導致營業收入自二〇〇〇年以來接連衰退，總計下降四十%之多。

民進黨執政後，還推動公營企業民營化政策，不斷拋售公營企業股票，在民營化的口號下，以優惠價格釋出重要事業公股給特定財團，因此，也爲政府推動的公股釋出計畫染上濃濃的政商利益交換色彩。公股股票大多落入財團之手，因而不斷引發財團介入公營事業民營化與民進黨通過出售公營企業股票圖利財團的爭議。包括：富邦集團介入中華電信公司與中央再保險公司、霖園集團介入中央再保險公司、中華開發工業銀行介入中鋼公司、長榮集團介入中央再保險公司與兆豐金融控股公司、東南水泥集團介入台灣機械公司船舶廠等。

租稅不公平必須導正

財政與經濟係一國國力的基礎，兩者休戚與共，唯有藉由穩健的財政基礎支援政府施政，才能促進經濟長期的均衡發展。政府應拿出魄力與決心，排除萬難，積極增加財政收入，努力撙節財政支出，取得全民的支持與認同。因此施予全民正確的財政收支觀念，並將政府債務資訊透明化至為重要，若全民能夠體認到當前財政赤字與債務危機的嚴重性，將能凝聚共識，監督政府持續進行財政改革並堅守財政紀律，以達成我國預算平衡、財政穩健的最終目標。

現階段雖無客觀加稅的條件，但可經由下列幾項制度面的檢討與調整，有效擴大稅基、加強稽徵與調整稅制，同時謀求地方財政穩健，亦能達到實質增稅的效果，待景氣好轉之際，進一步達到財政健全與經濟成長的良性循環。

如何加強稅制的公平合理性？根據國外稅制改革的經驗，以減稅來刺激經濟是合理的，但政府以減稅政策促進產業發展的同時，除了將財政改革方案納入稅式支出評估決策機制，另須設定落日條款，否則過度減稅將導致政府預算赤字與債務餘額持續擴大，總體經濟失衡更為嚴重。我國經歷數十年的減免稅措施，稅基已嚴重侵蝕，財政體質甚為薄弱，政府除應致力於經濟的成長，也須縮短貧富差距，促進資源配置的效率。在稅制改革方面，本諸建立公平、合理稅制的精神，遵循能力負擔原則。先考量擴大稅基，再適度調整稅率，以達成「人人公平納稅，個個稅負減輕」之目標。以下就所得稅、消費稅、財產稅，以及稅務國際化等加以說明。

首先，全面檢討非屬稅法中的各項租稅減免規定，回歸稅法應有的租稅主體性；同時建立租稅減免的決策機制，綜合比較與評估減免稅的效益，藉此擴大稅基，取消職業別與產業別之租稅減免，例如取消軍教人員薪資所得的免稅規定；在課稅原則上，兼顧租稅公平及投資資金流向不受扭曲的原則下，綜合所得稅課稅範圍朝改採屬人兼屬地主義的方向努力，以減少稅源外流損失；並檢討兩稅合一實施成效及現行未分配盈餘計算基準，避免對未分配盈餘超額加徵，並簡化稅務行政。

我國租稅制度尚待改革之處涉及許多層面，最理想的做法乃從各相關法令著手，透過修法完善我國租稅制度。「最低稅負制」（Alternative minimum tax）方案，可作爲短期權衡之計，讓富人至少負擔一定比例的所得稅，適度減緩過度使用減免稅所造成的社會不公。對於所得極度偏低的人民，宜建立勞力所得租稅抵減制度（Earned Income Tax Credit, EITC），協助低所得工作家庭脫離貧困。相對於資本所得，我國勞力所得承擔了大部分的稅負，爲減少二者間之稅負差異與不公，政府應該適度降低勞力所得的稅負。尤其是，最近幾年，失業率上升，所得分配惡化，社會增加許多「新貧」與「近貧」階級，傳統的社會福利計畫已無法有效協助其脫離貧困。故宜仿照美國採行之勞力所得租稅抵減制度（EITC），讓合乎條件之工作家庭可享受一定金額的租稅補貼，一方面維護資本與勞力所得間之課稅公平，另一方面亦可提升民眾參與就業的意願。至於薪資特別扣除額及殘障特別扣除額，亦宜提增，以減輕受薪階級及中低所得者的租稅負擔，照顧弱勢族群。

其次，要整合消費稅制。我國營業稅率在所有實施加值稅的國家中乃屬偏低，致使消費稅收占我國全部租稅收入的比重未能適度提高，此與國際租稅潮流逐漸強調發揮消費稅功能與優點的趨勢，不甚相符。因此應研議隨經濟成長的條件來徵收營業稅，例如，當經濟成長率達六％以上時，營業稅率由五％調高爲六％；當經濟成長率達七％以上時，再由六％調高爲七％。

爲了強化菸酒稅「寓禁於徵」的功能，可適度調高課稅稅額，作爲社會福利支出財源。而屬於民生用品的料理酒，則可研擬菸酒稅法修正草案，調降料理酒之從量稅額。並整合簡併營業稅、貨物稅、娛樂稅與印花稅等同屬消費稅性質之稅目，以簡化稅務行政。

針對稅制完整性，即使要調高營業稅，應根據不同產品的特性而課徵不同稅率。若爲基本物資，如糧食、藥品等民生用品應該完全免稅或至少大幅降低稅率；反之，對於位於人口金字塔頂端之消費，諸如名貴珠寶與服飾等奢侈品，則應大幅提高稅率。

另外，要健全財產稅制地價稅是土地持有成本，土地增值稅是土地交易成本。站在平均社會財富的立場，應縮短公告地價、公告現值與市價間的差距，適當調整地價稅稅率；未來政府應朝「輕課增值稅，重課地價稅」方向來推動土地稅制改革，以促使土地資源有效利用，活絡房地產交易。又爲了提高公有土地的利用，政府機關之房地產不宜免稅。

財產稅的稽徵工作，主要在於該財產價值評定之公平性及該財產稅籍資料正確性。爲求稽徵工作順利及增裕庫收，並保有課稅資料之正確性，稅籍電腦檔案資料應定期辦理稅籍清查及維護。

至於遺產及贈與稅，應整合稅基、簡化課稅級距，並應盡速修正現行公共設施保留地免稅規定、實物抵繳未盡合理之相關規範。

我們還要推動稅制邁向國際化。在推展國際租稅交流方面，應創造無障礙投資、國際化租稅環境以拓展租稅外交，消除國際間重複課稅，並保障國人在國外投資或經營事業獲得合理租稅待遇。此外，任何稅賦之主張應符合租稅中立原則，維持國際間稅收公平分配，消除重複課稅（或未課稅）及儘量降低依從成本。查緝逃漏稅、積極清理欠稅，是維護租稅公平與社會正義的重要手段，對於目前我國賦稅稽徵成本偏高的狀況，我們建議整合簡化課稅稅目、將查稅人力集中在較具查核價値的漏稅案件上，以利提高稅收，降低課稅成本及加強宣導誠實納稅的正當性，並對惡性逃漏稅者，處以更嚴的處罰。

稅制改革只有從公平的角度出發，才能更好地發揮稅收政策調節國民經濟運行、促進經濟結構調整和持續發展的重大作用，也有助於建設和諧社會的目標早日實現。

金融競爭力吊車尾

台灣金融產業曾有過輝煌歷史，支持成就台灣的經濟奇蹟。然而，八年來，競爭力變弱，甚至淪爲政治角力的籌碼，以致整個行業衰敗，金融需求外移，基層金融機構獲利能力不佳，中小企業融資困難，貨幣與匯率政策不夠自主透明。由於景氣低迷、廠商外移及消費意願低落，以致民間超額儲蓄高達四・九兆元，在需求面上又面臨企業資金需求不強、雙卡風暴及房貸瀕臨上限，故導致目前銀行體系有三・七兆的閒置資金找不到出路。政府復強行限制國人購買含有大陸成分的境外基金及股票，致使國內資金大量外流，僅二〇〇六年流出去的資金便高達四百零八億美元（約台幣一・三兆元）。以台灣擁有大量超額儲蓄、外匯存底、台商留置海外的大量資金及大陸龐大理財商機，台灣應有機會發展資產管理中心，但因政府重重限制，使資金不但不流入，還大量流出，平白讓台灣喪失了這個機會。此外，投資大陸四十%的上限遲未放寬，反而變本加厲，造成台商不願回台上市，以致台灣新上市優質公司銳減，國人亦無法享受台商經營成果。而更令人擔憂的是，當台商在海外上市後，由於須對當地股東負責，將導致許多台商與台灣漸行漸遠，甚至開始萎縮台灣母公司之業務，對台灣資本市場及產業長遠發展，皆相當不利。

台灣的銀行業，資產報酬率（ROA）在一九九〇年代普遍在〇・五%以上，但二〇〇五年降爲〇・三%，二〇〇六年甚至降爲負值（負〇・〇三%）。淨值報酬率（ROE）在一九九〇年代約在六%以上，二〇〇五年降爲四・八一%，二〇〇六年降爲負值（負〇・四三%），利差大幅下降，爛頭寸充斥而客戶借不到錢，金融業促進經濟發展之功能被破壞殆盡。二〇〇七年的WEF全球競爭力排名，台灣金融業的「銀行健全度」排名，在一百三十一個評比國之中，從上年的第一百名又往下掉爲第一一四名。WEF全球競爭力報告還指出，台灣「金融市場成熟度」表現不佳，影響台灣整體競爭力。「二〇〇七年亞洲銀行競爭力排名研究報告」中之兩岸銀行競爭力排名變動，台灣的競爭力普遍下滑，國內銀行排名如台新國際商業銀行從二〇〇六年的第三十二名下跌到二〇〇七年的一二三名，後退九十一名。玉山銀行從四十一名下跌到一〇三名，後退六十二名。中國信託商業銀行從三十四名下跌到七十四名，後退四十名。台灣渣打國際商業銀行從八十名下跌到一一八名，後退三十八名。反觀大陸的金融業競爭力正逐步上升，如中國工商銀行從三十七名上升到十六名。中國建設銀行從四十四名上升到二十三名。中國銀行從三十四名上升到二十名。中國農業銀行從八十二名上升到第四十一名。北京銀行一〇三名上升到六十二名。由兩岸銀行在競爭力上的變遷態勢，足見台灣金融之失政。

金融監理錯失發展契機

金融監督管理委員會，理應肩負獨立金融監理及發展責任，然而卻受制於行政當局，無法超然獨立，金管會四年四主委，主委、委員、局處長被移送法辦之案件層出不窮，公股金融機構以及金融周邊單位淪爲政治酬庸，問題銀行財務醜聞接連爆發，廣大股東深受其害，員工權益嚴重受損，並須耗費龐大公帑挽救多次出現擠兌風潮的金融機構。行政當局又重重限制企業對海外投資，導致台灣錯失成爲區域資產管理中心的契機。

金控公司整併是邁向國際化的政策方向，應該由市場機能來主導，政府卻以行政權主導金融機構合併及公營銀行民營化，僅以口號掛帥，先有結論，再找理由，蠻橫預設金融機構整併數字與時程，造成金融市場及金融產業的結構扭曲，貪腐弊端層出不窮。

金融是經濟的血脈，蓬勃的經濟要靠健全的金融，未來我們主張把經濟與金融市場的餅做大，突破金融業對全球投資的限制，開鎖治國，以雄厚實力開拓金融業新契機，帶領台灣的金融業展望全新視野；提升金融業的國際競爭力，健全金融市場，提升金融機構獲利能力；強化金融監理制度，尊重市場機能，促使金融業合併過程透明化；保障勞工權益，以專案處理問題銀行之勞工問題，協助銀行員重拾金飯碗。

在金融政策方面，由於台灣金融產業競爭力愈見低落，銀行之間過度競爭，分行家數過多，無法發揮規模經濟效益，而且政府規範過嚴，一方面使金融產業失去創新活力，另一方面亦使金融產業多集中於傳統業務，僧多粥少以致經營績效不佳。

我們主張積極開放國際市場，提升我國金融機構國際競爭力。改善兩岸關係，使兩岸經貿自由化，擴展金融業的空間，推動兩岸經貿往來正常化。排除影響經濟發展的非經濟因素，建立政黨合作模式，讓國內政治穩定，以市場機能進行金融機構合併及公營銀行民營化，避免行政權介入企業經營。提升各個金融市場的運作效率與規模，鼓勵獎助各種金融商品之研發與創新。保障員工的權益，並且以專案處理問題銀行之勞工議題。

尊重市場機能，重建金融生機

金融監理應推動功能別監理，淡出機構別監理。金融監督管理委員會之獨立性與專業性應予尊重，人事任用應適才適所，強調操守、專業與優良政風。依據功能別監理原則，整合金融法規，必要時制定「金融服務業法」。目前行政院類似名稱的法律草案，其實只在補充主管機關權限，對金融業長遠發展並無幫助。

建立金融整併的市場機制，力求公平競爭與權益平衡，金融機構的整併及公股機構的民營化，均應尊重市場機能。公股金融機構的管理，應本於企業化的精神，政府不宜介入經營。至於針對體質較差的金融機構，要求主管機關促其限期改善或增資，明確訂定退場機制，以徹底解決問題金融機構之經營不善。新執政團隊將會追查金改不法弊端，善盡維護公股利益之責任。完善金融機構退出機制，強化金融安全網。促進金融自由化與國際化，增加金融機構競爭力。發揮台資金融機構優勢，進行亞太區域布局。放寬法令限制，推動跨國監理合作，協助金融業在海外尤其是亞太地區的發展，以配合台商區域布局。藉海外布局，提升經營技術及人才專業水準。配合國人金融理財需求，開發跨市場差異化之金融服務。發展台灣爲亞太金融、籌資及資產管理中心。

在兩岸金融往來與交流方面。我們應盡速建立兩岸金融監理合作機制，簽訂「兩岸金融監理合作備忘錄（ＭＯＵ）」，加強國內銀行、證券、保險業赴大陸設置分支機構的審查及管理，落實資金違常進出國境管理，強化金融機構授信風險的控管。在平等互惠原則下，推動兩岸互設金融機構。開放兩岸貨幣自由兌換，實現人民幣在台灣合法兌換與流通。允許境外金融中心（ＯＢＵ）進行人民幣匯款，積極推動兩岸簽署「台商投資保障協議」，使兩岸貿易透明化，未來台商便可在關稅、投資保障、避免重複課稅以及商務爭端的解決機制上，獲得更多保障。

韋伯韜，原名韋端。現爲國家政策研究基金會財政金融組召集人、育達商業大學財金系講座教授以及國家金融安定基金管理委員會委員，曾任行政院主計長。美國南卡羅萊納大學（USC）統計學博士。

教育篇

教改失敗，意識形態汙染教育

秦夢群
（政治大學教育學院院長）

一九八〇年代以降，台灣多元社會逐漸形成，並由工業社會轉向服務業與高科技產業發展，在經濟與社會環境丕變的客觀條件下，對於「新教育」的需求變得迫切。一九九四年，由民間發出的教改之聲，彰顯了台灣民主改革的精神，而當時政府也立刻以「教育改革總諮議報告書」與行政院「十二項教改行動方案」作爲回應，揭開新一代教育改革的序幕。

水可載舟，亦可覆舟。教育雖有其正面的社會化功能，但如主政者心態偏差，卻很可能使教育改革成爲實現特定意識形態的國家機器，淪爲維護社會既得利益者的打手。實務上，權力的擁有者常以其所認定之「合法的」價值體系，藉由學校的「再製」程序，無形中使受教者成爲接受特定意識形態的「複製品」。

對教改弊端無心也無力處理

不幸的是，在二〇〇〇年政權輪替之後，教育之實施依舊受到特定意識形態之騷擾，教改初衷被遺忘，教改的精神也被扭曲，學生不再是教育改革關懷的核心，教育政策變質爲政治正確的展演場域。決策倉卒、朝令夕改、政策不連貫，造成「老師更累、家長更煩、學生更苦」的結果，導致教育品質下降。

持平而論，近年教育改革之部分弊病，在民進黨二〇〇〇年執政前已然發生。若論責任歸屬，也許不應負全責。然而，作爲執政黨，對於諸多教改弊端之無力與無心處理，實是其執政八年之最大問題。民進黨並非未察覺教改結果之惡化，在二〇〇三年二月的電子報中，陳水扁總統表示憂慮教改推動結果是「考試更多、書包加重、睡眠更少」。然而遺憾的是，由於教改舵手李遠哲在二〇〇〇年力挺陳水扁，民進黨執政後，對於教改之檢討即顯投鼠忌器。尤有甚者，自二〇〇四年五月杜正勝接任部長後，幾乎將重心移至台灣主權獨立之意識形態鬥爭，對於教育問題自是難以全心面對，致使教育績效更顯不彰。

綜觀民進黨執政八年來教育與教改所產生之缺失，可歸納爲以下十項：言行失當，成爲不良教育示範；意識形態引導教改，政治力不當介入；政策錯誤造成學生壓力不減反增；華而不實、獨裁善變的教改領導；忽視基層教育工作者的聲音；管教政策失當造成品格教育不彰；教育貧富與城鄉差距擴大；對技職教育的忽視；廣設大學政策問題叢生；學生程度下降。

言行失當，形成不良教育示範

「品格教育推展行動聯盟」於二〇〇七年底委託千代文教基金會、政治大學所作的問卷調查顯示，不滿教育現況的人數高達八成，而不滿教育現況的原因與「品格教育不彰」有關。有九成以上的民眾認爲影響品格教育最深的，就是「政治人物的不良言行」。這其中又可分爲政治人物行爲與政治人物言論兩個方面討論。

在行爲部分，政府官員與政治人物弊案不斷，嚴重衝擊校園品格教育。二〇〇〇年民進黨執政以來，政府大小弊案不斷：ETC弊案、高鐵減震案、國務機要費案、SOGO禮劵案、藥商回扣案、故宮改建工程招標採購弊案、台鐵採購弊案、台糖弊案、全民電通掏空案等等，牽涉其中的嫌疑人皆爲「高官顯要」或是「名門望族」，而這些品格教育的反面教材，讓家長與教師不知如何教導自己的子女與學生，尤其相關人面對司法的輕蔑忽視、甚至是囂張狂妄的態度，對品格教育與法治教育都造成了重大的傷害，也讓台灣的下一代價值觀嚴重混淆。這些「官大學問大」、「權力大於法律」的錯誤觀念，不斷由政府官員與政治人物的行爲表現出來，扭曲了社會道德與公義價值，也讓校園中品格教育的功能與努力，事倍功半。

在言論部分，政治人物口無遮攔，成爲最差之負面教材。外交部長陳唐山公開稱呼新加坡爲「鼻屎大小的國家」。陳水扁總統向反對者大嗆：「我就是選上了，不然你是要怎樣！」前民進黨立委蔡啓芳批評多數老師都是王八蛋。教育部主秘批評馬英九「很娘」，均是政治人物不當言論的代表例子。各種不雅且具歧視性的言詞，充斥於政府官員與民意代表的言論之中。在此不良示範下，教師在學校要如何規範學生？家長在家裡又要如何教導自己的子女使用尊重他人的語言與措辭？

遭遇批評或是犯錯時不斷「硬拗」的態度與做法，更是對於品格教育的重大傷害。政治人物信口開河，使下一代沾染做事不負責任、空耍嘴皮、推諉耍賴的「硬拗文化」。乃是對於台灣未來主人翁的嚴重傷害，扼殺其自我反省的能力以及謙遜受教的精神。部分政治人物甚而辯稱這些粗鄙用詞或是硬拗言論為個人風格，更嚴重傷害對學生的品格教育。

意識形態引導教改，政治力不當介入

基本上，教育應具有幫助人民藉由公平公正的競爭，以突破出生背景藩籬的機制。其絕非是傳遞特定價值觀與政治正確知識的管道。民進黨主政以來，教育決策主管機關呈現兩種截然不同的做事態度：只要與意識形態有關的議題一定是勇往直前、火速辦理，不論是台灣地圖、歷史課程內容比重、成語使用、白話文言之辯、聯合國決議文中的台灣定位、中正紀念堂更名問題，教育部都以十萬火急的果決態度來面對。可是對於不牽涉意識形態的教育政策，諸如大學分級、幼教向下延伸、大學退場機制，卻幾乎是原地踏步，難有進展。這種對不同議題的不同政策態度，反映出台灣教改已經淪為政治的附庸，以政治正確為標準、以傳遞特定價值為主軸，教育已非淨土，從部長人選到課程改革，都暗藏意識形態政治陰影。

教育改革走向的政治化，還產生了另一個嚴重的問題：以選票為考量的教改決策。教改是歷次大選備受重視的政見領域，也是選民檢視執政成績的重要指標，因此目前的教育改革與教育決策，逐漸變質爲「以意識形態爲主導、以贏得大選爲考量」的教育決策機制，而基本上，意識形態主導的教改，其目的還是爲求勝選而已。因此，規劃複雜、容易引起爭議的教育政策，決策當局能避則避；表面的討好與亮麗的口號，卻成教育當局的最愛。

目前教育政策偏好「補助式」的教育利多，也正符應這種避重就輕、避難就易的決策模式。教育部提供「補助款」，交由承辦教育單位自行規劃負責，因而規避了教育部本身應該設計規劃的政策部分以及自身所需承擔的責任，並營造出對教育重視的表面形象。殊不知教育改革並非經費挹注就可解決，而需要整體的政策規劃與推動。打造新時代所需要的教育制度，紛爭與困擾是必然的，如果決策單位只會在與意識形態有關的政策上「展現魄力」，對於眞正根治教育問題的事務卻又畏首畏尾、閃躲迴避，則教育改革斷無成功的可能。

政策錯誤造成學生壓力不減反增

根據教育部委託高雄市政府架設短期補習班資訊管理系統的最新統計數字，全國補習班總數由一九九九年的四千四百二十四家，暴增爲二〇〇八年初統計的一萬七千二百七十八家，成長將近四倍，而其中直接指向升學壓力的文理補習班由一九九九年的一千八百七十二家，暴增至二〇〇八年的八千九百三十六家，成長超過四百七十％（以二〇〇八／一／十六查詢數據資料爲準）。而「台灣教育長期追蹤資料庫」於二〇〇三年調查兩萬多名家長意見，發現國三生中高達九成七補習，高中職約五成，且補習不分城鄉。

全國補習班最近十年成長統計表

二〇〇八年	一萬七千二百七十八家
二〇〇七年	一萬七千二百四十五家
二〇〇六年	一萬五千四百五十一家
二〇〇五年	一萬三千三百八十五家
二〇〇四年	一萬一千四百家
二〇〇三年	九千六百零五家
二〇〇二年	八千一百一十家
二〇〇一年	六千七百五十六家
二〇〇〇年	五千五百四十一家
一九九九年	四千四百二十四家

全國文理類最近十年成長統計表

二〇〇八年	八千九百三十六家
二〇〇七年	八千九百一十七家
二〇〇六年	七千七百四十七家
二〇〇五年	六千七百四十三家
二〇〇四年	五千三百一十五家
二〇〇三年	四千三百五十八家
二〇〇二年	三千五百七十一家
二〇〇一年	二千九百一十二家
二〇〇〇年	二千三百四十二家
一九九九年	一千八百七十二家

資料來源：短期補習班資訊管理系統

http://bsb.edu.tw/afterschool/html/statistics.html

社會競爭激烈，就業轉趨困難，家長望子成龍的想法更爲殷切。國中基測在設計上，因爲考試範圍涵蓋一綱多本，學生無從充分準備，所以紛紛求助補習教育的跨版本教學。基測題目又傾向簡單化，學生爲拿滿分，須花更多時間反覆練習試題內容，基測總分從舊制七百分降爲三百一十二分，學生對分數更斤斤計較，造成補習班林立，學生學習更機械化，學習壓力也更大，大開教改初衷的倒車。

由於實施廣開高中與大學政策，每個學生都有高中職可就讀，也幾乎都能進入大學，但升學主義依舊，家長無不希望小孩進入一流高中與頂尖大學就讀；加以學校老師對於學生的管教權不斷限縮，學校老師對學生學習情況的著力空間益形有限，在這種情況下，家長將小孩送到補習班學習的情形更爲普遍。

除了學生壓力增加之外，教改政策尙對家長與教師形成「增壓」效果。例如新課程的領域整合模式與新教法的推動，家長常常要在深夜四出尋找子女隔天必須使用的「作業材料」，甚至必須「幫小孩完成許多超齡作業」，徒增家長的壓力與困擾。學習領域課程設計，教師被迫於自己不專精的課程領域進行教學，降低教學品質，同時也增加教學壓力。這些新課程設計帶來的弊病，教育部至今未進行處理。

獨裁善變的教改領導

台灣的教改領導是整個教育改革政策推動上，最受詬病的部分。針對台灣教改領導的批評主要有三：第一，朝令夕改；第二，口號教改；第三，獨裁式的教改。在朝令夕改方面，基層教育圈流行的順口溜：「台灣的教改像月亮，初一十五不一樣。」最能生動的描繪出這樣的情形。舉凡建構式數學、國民教育向下或是向上延伸的決策、多元入學分數採計、作文的廢考與復考等等，在在顯露出教育改革決策缺乏長遠的規劃與事前的試驗，以至於決策反覆，既浪費資源與精力，也徒增教師與學生的困擾。相關民進黨執政後教改政策執行所產生的問題與弊病請見附表。

其次，台灣的教改崇尚華美聖潔的口號。舉其犖犖大者，如「快樂學習」、「帶好每位學生」、「校校是明星，人人是英才」、「窮不能窮教育、苦不能苦孩子」，這些美麗口號，卻無法改變教改成效不彰、執行不力的事實。反觀美國執行「No Child Left Behind」教育改革方案，在制定之初即明確定義執行成效的標準，透過各種評鑑機制去確認學校辦學以及政府教育施政的成效；相較之下，我國的教育改革除了動聽的口號之外，相關追蹤評鑑機制付之闕如，施行成效亦無法保障。

政府形式主義作祟，教改的失敗，根本原因就是過於重視形式與表象，教改成敗被簡化爲高中職與大學的「錄取率」。政府迄今仍對「人人有大學可讀」之類的教育口號迷戀不已，未來不知還有多少「動聽的」教育改革口號將被提出，形式主義的迷思依舊揮之不去。教育改革，求的應是實質，而非表象，口號式的教改，只不過是虛幻的海市蜃樓而已。

在獨裁式教改方面，台灣的教改走向和教育決策由少數人把持，教育改革空有民主之名，而無多元參與之實。政府當局沒有掌握到教改的核心與教育的本質，更不熟悉教育的生態，而只是以上級命令，不斷要求基層師生就範。只要認爲政策正確，無需辯論、試辦，甚至追蹤檢討，就必須「勢在必行」。此種心態，即形成實務上「上面有政策，下面有對策」之窘境。

大至一綱多本、課程改革、考試制度，小至教育部發布之成語辭典、標準筆順、部版注音，當民間的質疑與異見產生時，我們只看到教育部以及相關官員不斷強調自己的「政策正確」。我們整個教育改革機制裡缺乏一種反省的能力，一旦政策遭受批評，承辦人或是主管單位往往以政策辯護爲要，缺乏虛心受教的謙遜與反省心態。

對於台灣教育，政府的用人也過於政治導向，因此堅持台獨但施政滿意度最低的教育部長，在大聲反駁民意的批評都是造謠抹黑後依然安坐其位，民心之向背可想而知。當將帥已無公信，總統用人與民意及教育界期望相左，則教改如何能有所成果？眞正的教改，必須廣納專業意見，包括眾多第一線教育工作者的聲音，都應該被含納包容，獨裁式的教改，斷無成功之理。

民進黨執政後教改政策執行所產生的問題與弊病

教改推行之政策	執行後產生的問題與弊病
教育中立	1. 教育執政當局無視社會價值之多元化，利用教育之實施推動特定之意識形態。 2. 利用審查教科書之權限，在國家認同與統獨問題上堅持特定立場，且不容其他聲音之出現。如修訂高中歷史課本，將「本國史」改爲「中國史」，清朝人民「移民」台灣，也改成「殖民」台灣，引發教育不中立之爭議。
高中、大學多元入學政策	1. 制度過於複雜：管道如申請入學、推甄入學、考試分發，雖各有其訴求，但家長教師並不了解，學生因此必須每種皆

	試，疲於奔命外，造成更大的升學壓力。 2.甄選不公：人情關說與請託無法避免，奧林匹亞作弊案發生後，使得入學之公平性大受質疑。 3.多錢入學：奔波各校應考，報名費所費不貲。其他如個人資料之準備，推薦函之搜集，使得個人財力與人脈的差異，影響學生入學機會。
九年一貫課程與學習領域之建立	1.教師對課程訴求不清楚，高達九成教師坦承產生教學障礙，仍維持傳統思維與教法（《遠見》雜誌二〇〇三年一月調查）。 2.學習領域不切實際，教師之專業無法配合，只能各教各的，協同教學之精神無法發揮。
建構式數學教學	1.強迫所有小學生接受，並排斥如九九乘法表的傳統教學方式，造成在二〇〇二年八月升入國中之學生，在學習國中數學時發生困難，各校緊急進行補救教學。
廣設高中大學政策	1.完全中學與綜合中學之設立過於急迫。前者因爲一校兩制造成行政上之困擾；後者則只是將普通班與職業班放在同一學

	校，但在課程上卻無任何統整交流，並無綜合中學之實。 2. 忽略就學人口逐漸減少之事實，拚命增建公立高中之結果，使以高職爲主的職業教育體系面臨生存之威脅，但政府卻無實質輔導措施。 3. 大量改制五專爲技術學院或科技大學，但其師資設備之提升速度未盡理想，所提供之教學品質堪慮。 4. 大學大量增設，學生素質平均低落，但學校之淘汰機制並未配合，學術水準降低。二〇〇七年竟出現大學指考十八分即能進入大學之「奇蹟」。
教科書政策	1. 開放民間編書，原意爲希望建立自由市場機制，然如今卻成寡占情勢。書商聯合壟斷，教科書與參考書之價格居高不下，家長負擔不輕，甚至無錢購買。 2. 內容錯誤百出，且未經試用階段。學生所獲可能爲錯誤知識，國立編譯館疲於奔命，但卻無法在短時間中保證審書之完全正確性。

	3.老師選書時因版本、年級之不同，常有教材無法連結之窘境。 4.採用「一綱多本」政策，學生惟恐準備不夠充分而各版本皆讀，負擔更爲沉重。
英語教學	1.各縣市拚命推行英語教學，但因學生貧富與城鄉差距，學英語之起點及課外學習機會不同，造成國中學力測驗英語呈「雙峰分配」，好壞兩極化。 2.倉促實施國小英語教學，使得師資之培育數量不敷所需，偏遠地區英語師資缺乏問題尤爲嚴重。
入學考試	1.國中基本學力測驗之定位不清。本來只做爲學力鑑定之考試，如今已幾乎成爲決定升學的唯一標準，其鑑別度令人懷疑。 2.大學基本學科測驗與考試分發所考之科目重疊，彼此性質有所混淆。主辦考試的大考中心離職人員，未能利益迴避而至補習業服務，以致產生試題外洩之疑慮。

師資培育	1. 缺乏師資供需的分析，大量設置教育學程，卻在資格審定上過於寬鬆，初檢與複檢形同虛設。 2. 實習制度未能良好規畫。在未有特殊資源之補助下，接受學生實習之學校難以提供完善之實習課程，學生之學習成果有限。

資料來源：作者自行整理

忽視基層教育工作者的聲音

金車基金會在二〇〇六年九月上旬，於全國抽樣調查九百零九名小學老師對教學現況看法，雖然多數老師對教育仍有使命感，但教改一路走來，老師過得並不快樂，近七成受試教師覺得壓力偏高，五十四%覺得憂鬱。調查發現，絕大多數教師認爲，教改無法減輕孩子課業壓力，也不尊重基層教師。

二〇〇七年九月二十八日，台北市教師會公布教師專業與教育尊嚴問卷調查結果，九成的教師覺得在政府推動教改的過程中不受重視，缺乏尊嚴。台北市教師會並痛批，教改決策朝令夕改，錯誤卻無人承擔，基層教師成了代罪羔羊；去面對家長的質疑，甚至有不少教師已感到「哀莫大於心死」。以下即節錄二〇〇七台北市教師會所做之「教師專業與教育尊嚴問卷」部分調查結果：

總體而言，教師滿意現在的教改成果嗎？

	全體（一〇〇%）
相當滿意	〇・一六
滿意	一・八六
不滿意	四十八・四五
非常不滿意	四十六・一二
沒意見	三・四二

不滿意現在教改成果的比率高達九十四・五七%。

現今社會，對教師專業受重視的程度爲何？

	全體（一〇〇%）
相當受重視	〇・一六
受重視	五・五七
不受重視	五十五・一一
非常不受重視	三十五・九一
沒意見	二・七九

認爲現今社會並不重視教師專業的比率高達九十一・〇二%。

導致教師專業不受尊重的原因爲何？（複選）

	全體（一〇〇%）
教師本身	二十八・七六
教育行政當局	八十六・四六

相關教育團體	五十一・八四
時代潮流	三十九・五三
媒體	七十・九二

資料來源：台北市教師會二〇〇七年教師專業與教育尊嚴調查結果報告
http://www.tta.tp.edu.tw/1_news/upload/調查結果報告.doc

教育行政人員與教師本是教改第一線的戰士，但教師對教育的奉獻在教改聲中並未受到肯定，相反的，教師被列爲有待改革的「對象」，教改不僅未肯定教師過去奉獻於教育的成就，反視教師爲教育改革的絆腳石，則教師如何能保有熱忱參與教改？

由於政治與選舉考量，特定政治人物與高層爲爭取廣大的農工選票，對於軍公教人員刻意抹黑，以塑造自己跟廣大勞工群眾同一陣線的表象，以獲取選舉利益。教育首當其衝，學校被抹黑爲「傳遞威權」的工具，國民教育教師免稅優惠以及教師退休金的制度，也被有心人士拿來大作文章；經濟衰退導致台灣低薪化，政客竟以「教師薪水過高」轉移民怨焦點；更渲染不實指控以醜化教師，賦予教師暴力、虐童、不適任的集體印象，教育工作者成爲選戰策略下的祭品，他們的付出，遭到前所未有的漠視與抹殺。

尤有甚者，教育決策單位爲推卸教改失敗的罪責，將一切的教改錯誤責任推到基層教師身上，政策執行問題皆以「立意良善，但教師不配合」的方式解釋。新政策多如牛毛，對教師又缺乏實質補貼，教師尚要撥出原本屬於學生、用於教學的大量時間，去應付教育部與教改政策要求的大量「文書工作」，如此犧牲，教師們在疲於奔命之餘，一方面痛心職業尊嚴喪失殆盡，一方面又擔心政府財政日益艱難，勢必要逐步縮減公教人員福利，則教育工作者如何不心寒？

一如教改萬言書所言，優質教育的目標，在於讓每一個學生能夠發揮潛能，也讓努力教學的老師能夠獲得應有的尊重。沒有尊嚴的老師，絕不可能締造出快樂的學習環境；沒有尊師重道精神的社會，也不可能維繫優質的教育環境。我們不容許任何人一再操弄仇恨對立，斲傷教師尊嚴；教師是過去教育成功的功臣，也是未來教改成功的關鍵。

管教政策失當造成品格教育不彰

我國的教育行政與管理，雖以「學校本位」爲口號，但其本質上，卻是劃一與獨裁的，尤其是在學生行爲與品格教育方面最爲明顯。

對於學生的品德教育與行爲上的管教，教育部的基本態度只有一個：「不去管理就是最好的管理。」我們的教育制度對眞正的不適任教師無能處理，但卻又任由努力付出的教師被抹黑爲問題教師。教育部與相關團體高舉廢除體罰的大旗，對於學生問題行爲、霸凌事件、校園暴力又無能處理，只把這些責任再度推給基層教師與學校，造成「不准老師管，但又要老師負責」的矛盾態度，讓基層教師無所適從。而家長對於學校品德教育與行爲規範功能不彰也怨聲載道，愈來愈多家長選擇將自己的子女送往「較不易受教育部干涉」的私立學校，以防孩子學壞，而這並非教育的良性發展。

學生未來的競爭力除核心能力之外，還需有健全的品格。現今實施之既「不准管」又「不敢科以責任」的教育，只是「不教孩子堅強，未來再笑他們軟弱」的荒謬做法。稚子何辜，學校教育無法賦予他們身處未來社會的正確態度與競爭力，則是更爲關鍵且嚴重的問題。

教育貧富與城鄉差距擴大

教育機會均等，是指每個人均有平等的權利，以獲得符合個人能力與意願的教育，接受教育的權利不容任何外力剝奪。教育基本法第四條即規定：「人民無分性別、年齡、能力、地域、族群、宗教信仰、政治理念、社經地位及其他條件，接受教育之機會一律平等。」而今日的教育改革，是否做到教育機會均等與公平的維持，以及人民教育權的保障？實是一大疑問。

根據《工商時報》的分析報導，二〇〇七年國中基測成績結果，「位於台北大安區的金華國中，成績亮麗，全校平均分數爲二一九分，半數學生的PR值超過九十（前十％）；但同一份試卷拿到台東，全縣二十二所國中，卻沒有一校平均分數可以達到一百五十分，瑞源國中全校平均分數甚至只有六十二分，新竹五峰國中更只有五十七分」，證實城鄉之間因爲家長所得懸殊，受教育背景歧異，以及城鄉教育資源豐富與貧瘠，乃至城鄉學校間的師資強弱不同，城鄉國民教育的結果，至少在考試及升學等形式檢驗上出現明顯的差異。

《聯合報》於二〇〇七年十二月三十一日發布的年度生活調查結果，六成七的民眾認爲台灣的教育文化條件不佳，在對貧富差距感受上，也有八成九的民眾認爲台灣的貧富差距問題嚴重。根據行政院主計處二〇〇六年年度家庭收支調查，最高所得與最低所得二十％族群的平均收入相差六・〇一倍，在教育支出的能力上有天地之別。

教育改革中的許多措施，原意在縮減貧富與城鄉差距對於教育機會均等的影響，但實際施行後，卻使諸般情形更加惡化。首先，學校教科書由「統編本」改爲「審定本」之後，民編本教科書價格昂貴，增加家長負擔，也增加學生學習上的困擾。民間教科書業者推出不同的審定本教科書，除了教育部把關鬆散，教科書品質參差不齊的問題之外，民編本教科書售價比傳統教科書貴了三至四倍。學生爲了考試需要，往往須購買多套不同版本的教科書與參考書，更使教材花費的負擔雪上加霜，加上每月巨額的補習費用，讓教育眞正成爲一種「昂貴的投資」。

高中職多元入學與大學多元入學制度，也造成家長經濟負擔的增加。報名費、書面審查資料製作費、考試交通費等等，都增加了家長的教育支出；家長爲求子女在推薦甄選或申請入學上能夠有更好的表現，尙要求子女參加收費昂貴的才藝類補習班，支付高額的補習費用。再者，在財政困難的壓力下，政府一方面縮減高等教育的補助，另一方面又鬆綁大學學費限制，使得國立和私立大學，都走向高學費的道路，對於中下階層家庭的壓力，實爲巨大。

城鄉差距問題未解，貧富差距惡化，加以教育投資昂貴化的結果，明顯造成教育機會不均等的情形，學生的教育權也未受到應有的保障，台灣弱勢族群的處境以及階級複製狀況，令人擔憂。

對技職教育忽視

技職教育與國家競爭力及產業發展息息相關，同時也是創造台灣經濟奇蹟的重要功臣。然而，在教改浪潮下，技職教育的貢獻被抹殺，教改領導者將高職教育稱為「黑手技術」，批評高職生的英文、數學、理化等學科基礎訓練十分脆弱，應「讓高職成為歷史名詞」。雖然相關人等隨後澄清自己並非不重視技職教育，但是在教改洪流中，技職教育被邊緣化卻是不爭的事實。

由於教改決策者多非經由技職體系出身，因此往往以「進高中升大學」的思維處理技職體系的改革問題，諸如課程或入學方式，基本上都在模仿高中或大學的作法，造成對改革措施水土不服的現象。教育改革以舊思維看待技職教育，卻不知技職教育本身的定位，已隨時代而改變。高職、技術學院與科技大學不再僅止於培養「低階技術人才」或是「操作性技術人才」，而已轉向具創造力的技術人才培育。而此正是企業界批評一般大學所無能達成的部分，應作為技職教育戮力以赴的發展重點與功能定位。教育部在推行技職體系教育改革時，本應以加強輔導取代冷漠忽視的態度，幫助技職體系形成健全的證照制度，成為促進社會進步的巨大力量。然而這一切卻在「消滅高職」之浪潮下灰飛煙滅。

廣設大學政策問題叢生

國內大專至二〇〇七年已激增到一百六十六校，由於少子化效應的衝擊，預估十年後將有三分之一的學校或系所面臨嚴重招生不足的窘境。而今日更嚴重的高等教育問題，在於大學辦學素質參差不齊，大學生程度普遍下降。監察院於二〇〇四年提出的教育部糾正案中，便有大學品質倒退十五年的批評，而二〇〇七年大學登記分發，出現十八分進入大學就讀的錄取分數歷史新低。二〇〇七年，高等教育評鑑中心公布九十六學年度大學系所評鑑結果，在二百四十二所受評系所中，五十五個系所列爲「待觀察」，比率約二成三，另有二十七個系所「未通過」，比率爲一成一，通過系所比率僅佔六成六，大學辦學品質亮起紅燈；而教育部宣布凍結碩博士班招生名額，也顯現出對於研究所招生名額浮濫、品質堪虞的憂慮。

高等教育評鑑中心九十六年度上半年大學系所評鑑結果

受評學校	系所數	通過	待觀察	未通過
中山醫學大學	25	20	5	0
中華大學	24	18	4	2
致遠管理學院	15	4	7	4
眞理大學	34	12	12	10
國立宜蘭大學	15	14	1	0
國立高雄大學	23	19	3	1
國立嘉義大學	47	43	4	0
義守大學	28	24	4	0
稻江科技暨管理學院	16	3	5	8
興國管理學院	15	2	10	3
合計	242	159	55	28

資料來源：高等教育評鑑中心九十六年度上半年大學系所評鑑結果

http://www.heeact.edu.tw/

十數年前，由前中研院長李遠哲主持的行政院教改會，主張透過廣設大學等措施，紓解升學壓力。教育部因此大力擴張高等教育的規模，開放專科升格技術學院、技術學院升格爲科技大學，新設公私立大學如雨後春筍般林立，許多北部學校也開始在南部設立分校。在教改口號指引之下，教育部放任大專院校大量改制擴張，很多師資和設備未達水準的專科學校，仍然升格爲技術學院，進而升格爲科技大學，在這種「換牌改制」政策下所成立的大學，不過是空有其名而無實質的假性高等教育擴張，其品質則未有相對的提升。

台灣地區過去十年間，學齡人口總數沒有明顯變化，但大學院校學生數卻增加了五十五萬人，目前已多達一百三十五萬人之眾。台灣業已進入少子化、高齡化時代，大學入學人口正在縮減，高等教育粗在學率已達世界之冠，但在「人人可以讀大學」的美麗口號後面，潛藏的是大學品質低落的嚴重問題，而這樣的問題，至今政府還無能處理。直至今日，評鑑與退場機制都在爭議中，而台灣大學生的國際競爭力，卻在擾攘聲中持續衰退。

學生程度下降

教育改革以「打倒升學主義，減輕升學壓力」爲主軸，其中採取的一種做法，就是藉由「簡化課程」，降低學生學習壓力。但國中課程簡化的結果，造成畢業生程度下降與國高中課程銜接困難，進而影響教師的教學，許多學校不得不爲新生開設「暑期先修班」，協助學生適應高中課程。課程過度簡化與不連貫，是學生程度下降的原因之一。

國中基本學力測驗將高中入學測驗的難度降低，但台灣升學主義依舊，基測成績在能否進入明星高中的問題上依然扮演關鍵角色；加以基測分數較舊制降低至三百一十二分，「每一分」都變得更加關鍵，考生爲求增加「答對率」，機械式的反覆練習低難度的題目，學生學習更加枯燥、壓力更大、程度卻同時降低。此外，國文教學時數縮減、課程內容上的意識形態鬥爭不斷，教育部在廢考作文後，驚覺學生作文程度直線下降，因此二〇〇七年又緊急恢復作文考試，這也是學生程度下降的明證。基測改革未臻理想，乃學生程度下降原因之二。

高中職學年學分制於該教育階段難以落實，選修流於形式，加上留級制的廢除，低成就學生的學習意願更加低落，造成重修科目的滾雪球效應，暴增的重修課程對於教師教學也是極大的負荷。學校與教師在制度未獲改善前，只能在執行做法上便宜行事：命題簡單化、評分鬆散化、重修形式化，學生學習動機喪失殆盡，此乃學生程度下降原因之三。

大學急速擴增，辦學品質下降，學士文憑貶值，大學學位不再是就業的保障；加以大學生人數眾多、大學畢業已成爲常態，因此學生自我肯定感降低，對未來迷茫困惑。許多大學生爲此在價值觀上轉趨急功近利，打工一躍成爲大學生活的重心，部分大學生甚至在夜間從事正職工作，白天的學習成爲次要，其學業表現自然大幅衰退。「瀰漫於大學校園的混文憑心態」，是學生程度下降的原因之四。

這些造成台灣學生程度下降的原因，多因教改而起，但至今未見教育主管單位提出任何具體的辦法或行動進行解決與導正，而這些對於認眞學習的「不友善因素」至今仍戕害著莘莘學子們。這些制度面、環境面原因的箝制，基層教師們又如何能「帶好每位學生」？台灣的教育品質與學生程度，又如何能夠提升？

立即對教育改革本身進行改革

當教育部爲了中正紀念堂更名與「去蔣、批蔣」精銳盡出、勇者無懼時，人民卻在納悶：「原來教育部的職責只是管這種事情的！」缺乏對教育改革大是大非的爭辯，掌權者壟斷台灣教育決策權，卻又無能（或無心）對教改亂象作出檢討並及時改正缺失。就此而論，要使台灣教育改革回到正確的道路上，第一個需要被改革的，即是教育的決策模式以及教改領導者本身。

教育改革應以基層教師爲中堅，而非鬥爭的對象。面對高度競爭的時代，台灣教育的轉型困難是制度的問題，而非僅是教師的個人問題。教師在帶領學生面對未來高度競爭化的社會，感到困頓無力時，教育當局所應扮演的角色，應是強大的支援後盾，隨時提供教師所需的知識、技術或資源上的奧援與協助。教育決策單位同時也應扮演一個傾聽者的角色，沒有人比站在教育前線的教師更了解教改的問題所在，這些聲音，教育掌權者應該懷抱戒愼恐懼的態度虛心聆聽。

政治人物的錯誤言行示範、意識形態對教育的騷擾干預、補習教育的病態成長、獨斷善變的教改決策、輕忽的品德教育、敵視基層工作者的教改領導、貧富與城鄉差距造成的教育機會不均等、對技職教育的忽視以及高等教育的過度膨脹等問題，在民進黨執政期間更加惡化。事實上，我們已別無選擇。爲了挽救學生的程度以及台灣的國際競爭力，必須立即行動，針對教育改革本身進行改革，否則今天不做，明天就會後悔。台灣不能再等了！

秦夢群，美國University of Wisconsin-Madison博士，主攻教育行政與領導領域。曾任政治大學教育學系主任，現任教育學院院長。

人事篇

用人看忠誠，專業靠邊站

黃創夏（自由撰稿者，《新新聞》前總編輯）

不需用批評、抨擊的眼光，也不必再去談那種已備受各界抨擊的「五日京兆」，呂秀蓮副總統所評過的「院長一吉普車，部長一卡車」等等現象。

面對陳水扁總統八年執政將屆之際，以扁為鑑，靜心去回顧這些年來發生在國家機器裡的真實故事，就可以理解：為什麼八年以來，陳水扁時代用人之道會造成國家的「非正式權力」凌駕「正式權力」的治理失靈，貪腐找到滋養的溫床！

缺乏信心，不信任體制

徵兆，在起始時，就一一浮現了。

二〇〇〇年六月到總統府內去採訪，一位總統府副秘書長要求不具名下，指著房間內「五個燈」，代表總統、副總統、正副秘書是否在辦公室燈號，副秘書長指著第一個燈說：「早上八點多到晚上十點多，幾乎永遠亮，李登輝時代不是這樣！」

認真不好嗎？該副秘書長說，李登輝對統治很有自信，抓大不抓小，不會把守在辦公室當成盡責，「政府設職立官，總統哪需要有這麼多事！」

陳水扁總統呢？排滿公務行程，會見賓客卻「每場，通常二十分鐘就結束」。守在辦公室，能幹些什麼呢？陳水扁一向幹勁過人，總統日常事務又不多，當然要想辦法去發揮精力了。他的精力，都用在「控制」上了。

陳水扁真的不閒。當時從行政院副院長游錫堃，行政院秘書長魏啓林，還有許許多多部會首長，都「體察」陳水扁心意，每開一次會，不論大小，必打電話到總統府秘書室：「請報告總統，將要開什麼會，出席者是哪些人，討論事項有哪些，預定結論是什麼，請問是否有指示？」會後，電話又到了：「請報告總統，會已開完，討論情況如此，結論如何，請問還有哪些指示？」

當然，還不時傳出哪個次長中午進官邸去陪總統吃水餃，哪個二級主管到府中去報告，哪個部長被召見問事情……

二〇〇七年九月，和當時行政院長唐飛某次訪談時，聊起這段故事，唐飛愣了愣，微笑說：「原來你們也知道」，頓了頓，又說：「他們這樣，我可從不這樣」，喝了口茶再說：「從軍事到行政管理，我所受的訓練，一個人能直接有效控管的規模，七到十個人就是領導的極限了」，又停住不語，沉默了好幾分鐘才說：「事無大小都要抓，系統就會亂了，更重要的是，會表現出對領導沒信心，對系統不信任。」

沒信心與不信任，正是陳水扁八年用人之道愈來愈失去章法的根源。

八年以來，用人爭議與治理失常，所有的根源，都可從「意外」取得政權來理解。陳水扁獲勝了。開始了他並不是實力超過對手，而是局勢使然之「三個少數」的難題。

第一個少數，是陳水扁僅是三十九．三%的「少數總統」；其次，民進黨在立法院僅是三十三．六%，只有六十七席立委的「立法院少數黨」；第三，無論是陸委會從一九九四年十二月，到二〇〇二年六月的六次民調，「急獨」都在五%以下，「維持現狀後再獨立」也不超過十%。八年以來，支持陳水扁最堅定，動作和聲音被放大的「深綠」台獨派，也僅是「少數民意」。

問題是，陳水扁和民進黨卻不願坦然去面對這個「三個少數」先天劣勢，不願意根據憲法意旨與民主協商精神，去和反對力量對談與化解。

長期對抗國家權力起家的陳水扁與民進黨，把「國家權力」與「國家資源」看得太大、太了不起，以爲可以靠操控來扭轉；又把人性看得太廉價，相信「招降納叛」，「只要有官位，人才到處有」，直到現在，在二〇〇八年一月十二日前，陳水扁與謝長廷都還多次公開宣示，民進黨立院可以「喬」過半，正是對資源、權力的迷信心理。

陳水扁的方法是「強控制」，連行政院三長都因此被控制到例行會議，從決策到研究，從部長到秘書，都想管，一人豈眞能日理萬機？「代理人」應運而生，國家事務何止萬端，四處奔走的「代理人群」如何控制？就此埋上了國家機器必失控與失靈的苦果。

控制欲造成新舊對立

陳水扁與民進黨起始就忽略國家機器分職設官，須依法行政。初得政權的陳水扁與民進黨，對國家機器更可能是陌生的，有哪些職位、可幹哪些事？都在摸索當中。他們，卻不願謙卑面對侷限，只想控制。

政黨輪替新內閣人事布局時，「國政顧問團」安排下，民進黨以擔任副手歷練爲用人策略，一度，傳出陳水扁子弟兵羅文嘉可能擔任行政院「副秘書長」，過幾天才發現，「副秘書長」是常務文官職，羅文嘉沒有任職資格。

又如，二〇〇〇年底，一位新科部長的機要秘書，嫌職稱不好聽，要求該部人事處比照行政院長「辦公室主任」職務，她也要改稱爲「部長辦公室主任」，該部會數千公務員爲之譁然。

還有一位跨部會委員會主委找了一位機要，兼任主任秘書，該主秘連怎樣批公文都不會，主委想出個好點子，教主秘看到公文用「便利貼」浮貼，寫下意見後再退回，行政文官就會改到好交上來，簽字即可。不失爲變通之道。該主委很得意，業務會報上，竟把這事當成是自己聰明才智，講給司處長聽，結果，當然是這位主秘沒什麼威信了。

對政府體制陌生事件，各單位中層出不窮。這現象不能以「鬧笑話」視之，陌生又不謙虛，龐大的行政文官看在眼裡，怎能服氣安心接受新領導？

敵意，早在張俊雄首次當行政院長時所稱之「新政府」與「舊官僚」對抗之前就瀰漫了。反對運動起家的民進黨，長期批判國民黨黨國體制，不經意就會表達出對文官體系的輕視與敵意。文官也同樣以對立的心態在觀察。怎可能協同治理國家？

二〇〇〇年六月間，一行政院組長就抱怨，新政府「好像是『革命』成功的一群」，行政院會上，談到經濟部政策，新科經濟部長林信義竟當著會場高官面前說：「我就說這些經濟部的官員，觀念沒搞通」，痛責「自己」單位。林信義講的道理沒錯，身為經濟部的「大家長」，卻在公眾面前「打孩子」。

當時的交通部長葉菊蘭面對台鐵、台汽工會的抗爭，在捍衛既定政策上展現了她所謂的「鋼鐵一般的意志」，但公開指責台鐵是「老大心態」，與對台汽「仁至義盡」，也是和所屬公然站在「對立面」，沒有把自己領導的單位，視為「自己人」。

接掌了國家機器，國家機器卻不設法視以「自己人」去看待，也不願學習納為「自己人」，只一心找「自己人」進門，正是民進黨和陳水扁執政時代，用人政策被非議，造成治理失靈，引發貪腐有機可乘的關鍵。

「自己人」才是用人主軸

唐飛任職短暫即下台，核四爭議雖是表面引爆點，問題核心，正是「自己人」與否問題。

「自己人」幫派心理，民進黨內從掌政起就在國家機器中暗伏一股不平之情，二〇〇〇年「八掌溪事件」發生後，對這件官僚體系失能，卻由副閣揆游錫堃承擔，當時民進黨秘書長吳乃仁在九月二十七日發難，他強調包含行政院長都應該由民進黨來主導，不該「拿錢讓人賭博，賭輸還要負責」。

吳乃仁坦言，「很多立委都急了，不曉得要如何選舉。」更說，「舊官僚體系怎會承認自己有錯呢？」緊接著，陳水扁的「石頭說」，唐飛辭行政院長，一百三十七日之「共治」與「磨合」期結束，國家進入「自己人」為用人主軸的不歸路。

哪樣的「自己人」最被放心、最好控制？當然是身邊的親隨、當然是破格任用而心存感激之心的人。根據「考詮季刊二十七期」資料，二〇〇一年二月，陳水扁執政九個月後，簡任以上的文官就被調動了五百五十六人，破格任用，連升好幾級，以「政治獎賞」創造「自己人」，簡直如火如荼。

政治學的ABC都知道，施政靠心腹、親信當道時，行政機器的專業能力必然被抹殺，一個國家的施政不可能不有所扭曲。陳水扁執政後，統治信心不足，發展出「總管政治」，他和民進黨大員都慣以讓辦公室幕僚當「分身」，這些新貴「值星官」一朝權在手，便把令來行，常用形式上的權威掩蓋他對專業施政之無能與陌生，國家的施政因此陷入了結構性的更扭曲。

施政運作更混亂，朝中有人的，或是識時務的官運像坐直升機，朝中無人的就要回家吃老米飯，且政府財政惡化嚴重，升遷秩序紊亂，擔心可能沒有退休金下，二〇〇二年，當時任考試院銓敘部長的吳容明，在一次受訪時曾提過，他私下調查推估，約有七成五的十到十四職等的文官想要辦退休。

有專業與經驗的文官都不安於位了，國家機器如何運轉？

面對更失序的國家機器，民進黨政府進而採取了「自衛性的政權封閉」策略，他們以自己親信的機要秘書，做為控制施政的工具，如陳水扁一直被批評的「童子軍團」，如游錫堃擔任閣揆時外放院長辦公室秘書到部會當機要的「二五八團隊」，又如隻身北上的謝長廷，院長辦公室主任成了行政院運作之核心。

張俊雄、游錫堃一向緊隨陳水扁，學之，習之，也就罷了。不幸地，謝長廷也如法炮製，擔任閣揆後，也同樣一直想拉拔高雄子弟兵進到中央，往各部會猛塞次長，桃園缺水時，更護短自來水公司前董事長李文良，硬拉下經濟部次長尹啓銘墊背，以利侯和雄這位自己人進經濟部的種種心態。

機要當道下，過去都祇是打打電話、排排行程的行政院長辦公室主任林耀文，僅三十歲，在桃園缺水事件中，公然高坐會議室上位，聽取經濟部長何美玥的簡報，在場眾官竟習以爲常了。問題是，這類總管經過眞正的行政歷練與成長嗎？他的權力來源，依哪條法、哪個令？總管當道，更難逃施政被扭曲之鐵律了。

「非正式權力」張牙舞爪

眞正的問題，就是產生「非正式權力」長期指揮公權力的亂象。以最讓國人關注過的趙建銘引發的所謂四大弊案，短短時間，吸金的財貨竟以上億元來計算，如果不是掌握公權力的人士配合駙馬的「關說」，相關單位爲什麼配合？這些人或許未必參與「圖利」（這部分有待司法單位進一步偵查），但可論斷，這些「被關說之人」必接受了「非體制內人士」的指揮。

進一步追問：龐大的國家機器，爲什麼抵抗不了一個「非體制」人士的壓力，原來是這種壓力早就鋪天蓋地了，公權力早就習慣於接受這些非體制力量的壓迫與指揮。別忘了，二〇〇〇年陳水扁就任後，副院長和秘書長會前先向總統府的秘書請示，會後要向總統府的秘書匯報。

上行下效，當權新貴機要秘書習於越級遙控，下巴翹得比天高。政府的運作就是親信、親人和親友成了「傳話人」，各部門的官員們不順從而因此被拔烏紗帽的故事層出不窮，也難怪許多高官一接到電話那頭傳來：「我是趙建銘。」脊梁骨就先矮了半截。

趙建銘都是如此了，那些和陳水扁更親近，可能有長期「革命情感」的戰友、是生命相隨的妻子、是情義相挺過的故友，也可能是伸過援手的金主……能不聽聽他們的意見嗎？

哪一個人的見解和意見最有代表性？當然給了所謂的「一妻二秘三師四親家」等空間。

非正式權力就會讓正式體制的決策與控管更失靈，開始就有徵兆。二〇〇〇年八月，當時的台北市長馬英九市府向當時閣揆唐飛簡報台北巨蛋案，唐飛裁定了要「蛋落松菸」，文建會主委陳郁秀和副主委羅文嘉等有異見，到總統府找陳水扁陳情，決策一夕翻轉。

問題核心並不是松菸適不適合蓋巨蛋？公共決策本就有多元意見。問題是，有沒有一個透明與嚴謹，眾人可以依循與預測的決策體系！

行政院長的「裁決」都可以一夕翻盤，程序不明確，權限被混淆，層峰意見就可定案，政府體制的存在意義何在？

因爲沒信心與不信任，靠「非正式權力」掌控的用人風格，對國家機器的最大影響就是，整個決策體系都混亂，失去了定位。

連行政院長都可能被翻轉了，其他的部長呢？其他的次長呢？司處局長更不會被信任了，還是找條「通天之道」吧！

「通天之道」正是那些機要，找那些號稱通天的立委，更有效的，當然就奔走「後門」，哪還能有紀律可言，官箴和專業，漸漸流失。

正就是在對國家機器的不信任下，陳水扁「掌控一切」爲核心的用人之道，形成了親信、親人和親友，長期以「非正式權力」指揮公權力，置國家體制於度外，正是弄權貪瀆之所以層出不窮的總源頭。

當一個民主政體的統治者若不能恰當地掌握權力與能力的分際，造成了偏差不斷累積，將使官箴、財政、金融、政府效能各種環節出現各式各樣之顛三倒四的「合理性危機」（Rationality Crisis）。

政府的統治已頻生不合理之處，奸宄自然有空隙可鑽，進而引發更大型的「正當性危機」（Legitimation Crisis），二〇〇六年後，政府各種頻被爆料的貪腐，就是在此背景下產生。其實已不是個別人物的操守問題，而是整個國家已經沉淪到「不可治理」（Ungovernable）的處境之中。

「超級金控」董座陳水扁

不可治理造成影響最深的，在政商金融的控管中，最令人矚目。

想要掌控金融體制，一向就是台灣政治體系，確保統治優勢的重要手段，一九八九年以前國民黨威權體制時，國民黨就是以「家族帳房體制」，由蔣家絕對信任的俞國華，長期主控央行與財政部，而且嚴格管制私有銀行的興起，全數是公有行庫控制的金融體系那是一個金、權完全融合的年代。

政治戒嚴時代國民黨以金融安定的理由，嚴格管制金融業的自由化，但同時又隨著台灣經濟發展的腳步，藉著黨營的投資公司不斷介入新興金融營運版圖，繼續進行壟斷。如在一九七六年，國民黨的中央投資公司聯合了台灣銀行、土地銀行與華南銀行三公營行庫成立了當時壟斷國內債券與商業本票發行的票券龍頭中興票券。

又在一九七九年，國民黨的光華投資聯合證交所、台灣銀行、土地銀行成立當時壟斷資本市場融資融券業務的復華證券公司，甚至國內最早扮演投資銀行的中華開發信託，也是由當年的霍寶樹、俞國華與林伯壽等人出面成立。不過，當時國民黨掌控金融的牟利動機並不明顯，主要是利用各種管道掌控國家資源，並藉此豢養地方派系、民意代表與高層黨員。從反對時代就對黨國政商體制持續批判的陳水扁與民進黨，執了政，當然會把這體制當成非要處理不可的重要任務。

問題是，想要解決？還是想要如法炮製？或者是，從中牟利？

政黨輪替初期，陳水扁的新政府由於長期欠缺和金融圈的淵源，第一任的任期內，陳水扁掌控金融的布局並不順利。陳水扁並沒有足夠分量的金融大老相挺，被視為扁朝金融國師的林鐘雄中風臥病，和陳水扁長期相熟的金融圈人士，除了誠泰銀行的林誠一外，不論是龔照勝、呂桔誠、陳聖德等人，都是金融專業經理人，資望都不足立刻替陳水扁扛起金融大旗。

陳水扁一度也想比照李登輝模式，掌控中華開發，推出胡定吾，卻不敵劉泰英。

同一時期更大的變化是，金控公司成立，大型的民間金融勢力，如新光、富邦、中信等都擁有上兆元的資產，成了主導金融版圖的新勢力，這時候的金融版圖政商規則，已經由蔣、李時代的「政治領導市場」，在民營資本挾鉅額資本下，和政治勢力成了結盟關係，如開發金控董座爭奪戰，不論是辜家還是陳家，主動又都爭相到官邸尋求同盟。

這種關係在陳水扁續任後，一統公營行庫人事布局下，徹底清除舊勢力，改了觀。一九九〇年以來，公營行庫盛況不復過往的寡占金融版圖，個別資產和民間的金控規模也相形見絀，陳水扁挾勝選餘威，一舉破格部署扁家軍全面掌控公營行庫，加上兆豐金控有鄭深池把關，陳水扁至少掌控了七兆四千億元的新「超級金控」，這是一家比任何民間金控資產都大許多的新金融體系。

這家等於是以陳水扁爲「共同董事長」的「超級金控」，和民間金控結盟時，又挾更多資源放大分貝，陳水扁得以在台灣發動起第三波的政、金複合體的新統治模式，也就是所謂的「二次金改」，「吳辜蔡」成了超級金融巨獸，又和官邸「後門」扯出瓜葛，崩壞更甚。直到二〇〇八年一月，都還未放棄將彰銀併給台新金，謝長廷派親信人馬呂桔誠和董瑞斌，接掌兆豐金。重點都在於，只有「自己人」才放心。

問題是，這些「自己人」掌權的原因，「專業」從不是首要選項，「關係」才是重點，怎能不形成更扭曲的結構？

操控媒體，監督全失靈

政府決策與治理都失了靈，還有辦法補救與防範。

正常民主國家猶能靠媒體加以監督，問題是，陳水扁正是拜媒體寵兒之賜而崛起，對媒體特別在意；且在他和民進黨猶是反對黨與在野黨時，因在當時的威權黨國體制上，許多事件被曲解與扭曲，對媒體也充滿著愛與懼交雜的情結。

既愛且懼，就延續控管的一貫思考吧！掌控，是從經濟力與人事方面分頭進展。「置入性行銷」是其經濟力控制手段，將各部會的文宣廣告預算集中使用。總金額約在十億元左右，黃輝珍任新聞局長有十一億元、林佳龍時則有九億元，姚文智當新聞局長時，雖於二〇〇五年六月四日宣布停辦「置入性行銷」，改採了「新聞局集中採購通路」計畫，依然是在進行一種經濟力控管的模式。謝志偉當新聞局長時，爲了「入聯公投」的宣傳，也傳出「整合」運用，甚至，還可以在「一階段、二階段」選務爭議時，直接要中選會登他親自操刀的廣告。

下廣告的標準履被質疑，如二〇〇四年，爲陳水扁五二〇就職的文宣，新聞局的六家立約商分別是台視、華視、民視、三立、八大和東森，正是一般所謂的「綠」色媒體。那些所謂「藍」媒體，沒這筆資源。

此外，在二〇〇一年五月三日，由義美集團高志明結合了義美、菲夢絲、富邦、新光等三十多家廣告大戶，成立「廣告主協會」，掌握了每年上百億元廣告預算，因這些企業被質疑的「綠色」關係，也都讓社會對政治與經濟結合，產生了媒體將被「懲罰」與「制裁」的壓力之疑慮。

爲什麼要如此去破壞政府與媒體之間的道德界線？因執政黨在乎選舉，在乎議題掌控，在乎媒體對政府的殺傷力。

在乎到什麼程度呢？陳水扁常常要上電視「專訪」，對哪家媒體的意見，常常公開抨擊，從張俊雄第一次當行政院長起，每周四行政院會上，他必從上衣口袋拿出小本子，一一去唸，哪報寫了什麼？哪個新聞台要哪部會去處理……

游錫堃之後，民進黨政府對媒體更敏感，每天上午八點多，政院三長就開「輿情會議」，並要各部會待命，立刻指示各相關部會去處理，或是提出反駁新資料。各部會，早上八點就會由部長領軍在部內待命，先看報紙，等待院內指示。哪還有各司其職之專業官僚，都像是「新聞反應部」了。

政府重視輿情不是壞事，若把報導視爲「敵意」防衛戰心理，卻是另一種扭曲，這個數據要批駁，哪個數據要重新解說的指令，每天下達，各級官員成了「校對員」，因應上意找資料進行反駁，特別是當「經濟」成爲被攻擊的目標，經建部門不是提新數據，就是換計算公式，連國家統計資訊都在此過程中，專業度也成了每每掀起社會紛吵的焦點。

防備異見是「消極」的，「積極」點，就和控管政府與金融一樣吧，派自己的人下去吧，用對己最忠誠的「自己人」掌控，最放心。於是，江霞也可以當總經理了，公視也派了一堆親綠人掌舵，中央廣播電台也是安插一片綠旗……曾經要求政治退出媒體的民進黨，解決之道，依然是掌控。

更徹底的掌控，就是政治對壘邏輯放在媒體區隔上，「藍媒」、「統媒」大帽子壓下去，反對者都被定位了，成了壁壘分明之板塊。讓社會因而進入了「批判空窗期」，問了立場，就不必問是非了。

此種情景下，專業更退位，因爲各種領域，都在對壘中可以被模糊，可以套帽子。任何監督、任何異議，都可以置之不理。

這樣的氛圍被創造出來了，「自己人」更緊密團結，更在「自己」的圈子中「好東西要和好朋友分享」，國家陷入更嚴峻的「不可治理性」，越不可治理，越是全方面的奸宄有機可乘，用人唯親，踐踏專業的惡性循環，讓這八年的用人之道，成了難以回顧之噩夢。

改革先拋開統治者幻覺

這些年以來，「非正式權力」群魔亂舞，台灣人已被搞到精疲力竭了，誰不渴望告別紛亂，換了領導人後，二〇〇八年，台灣能有中興氣象！更何況，政災八年，亂政的廢墟要清理，就不知還要花多少時間與精力呢！

但是，不能急！更不能再用急切手段，須忌不能再如陳水扁時代的教訓，越想控制，手段越重，爲害卻更甚。

既然已經付出八年的亂局當學費，台灣要學到的是，光靠再換一批人才仍不夠！該找哪些人，該是哪種定義的團隊，那是新政府的事，不須預作討論與限制。

但從「自己人」的「不可治理」之害中，面對新用人之道，絕對須回到民主和選舉的本質，不論是誰當選，更重要的是要擺脫民進黨和陳水扁那種「統治者」的幻覺。

陳傳興在他的著作《道德不能罷免》（二〇〇六年十月初版，大雁）特別指出對民進黨政府「統治者幻覺」：引用一段如下：

「（民進黨）政府……將原本是一種受託執行行政權的法定代理人的這項定義特質，錯誤地看待成是權利……甚至由此而產出想據有主權的幻想；踰越了社會契約的基本精神，導致政府原本的中介位置與角色，欲求從治理者這種法定責任與義務的承擔者，轉換成統治者。」

也就是說，在「統治者幻覺」中，執政團體不由自主的將「經營代理人」自我想像是「產權所有人」，變成了是一種「剽竊人民主權」的狂態。遂忘了，其實，總統、行政院長、部長、甚至是科長與科員，都只是「受託之代理人」，都該在制度下擁有他的權責。

民主憲政中，總統與政府應只是「受託執行行政權」的「法定代理人」，國家機器分官設職，都是制度一環，也都是依法授權的「功能代理人」，都受到法令的制約與保障。

選舉勝利者要是自我沉溺在「自己人」觀念充斥下，將扭曲「權利」與「權力」從「代理人」變成了「所有人」心理。這是種「家天下」，國家是「家業」，官位、資源，當然可以「好東西要和好朋友分享」，「功能代理人」成爲捕獲品，淪爲「政治獎賞」也不以爲忤了。

不只是陳水扁，先前有「連家班」、「宋團隊」，台灣政壇這些年，特別喜愛搞「誰家軍」、「某團隊」，「自己人」文化當道，這種「幫派政治」已證明了既不能納百川，也無法給人民許諾。

正在競逐的馬英九和謝長廷，須以扁爲鑑，跨出「自己人」思維，回到體制內，尊重各種分官設職的設計本旨，建構一個決策更透明、程序更明朗的運作機制，先守各自法理上的分際，讓崩壞已久的國家機器能恢復運轉，離散的體系重新連結，然後，在民主機制與資訊透明中，該改則改，該修則修，尊重所有成員，上至總統，下至科員都是同等本質之「代理人」，都須在法定職權中行走，這樣，一個讓人民覺得有希望的新國家機器，也才可能逐漸地浴火重生。

黃創夏，清華大學動力機械工程學學士，台灣大學政治研究所在職專班。曾任《明日報》黨政新聞組長兼策略發展部經理、《中國時報》財經新聞主編室撰述委員、《新新聞》總編輯，現爲自由撰述工作者。曾獲年第十八屆吳舜文新聞獎。

人格篇

扁式「律師性格」主宰國政

黃光國（台灣大學教授）

從社會心理學的角度來看，一個人的人格通常是在一定的家庭環境中培養出來的。當一個人得勢並能夠憑自己的自由意志使用權力時，最容易顯現出他的人格特質。

「但求目的，不擇手段」的性格

孔子說：「視其所以，觀其所由，察其所安，人焉廋哉！人焉廋哉！」「以」是所做的事，「由」是做這件事的理由，「安」是心之所安，意之所樂。用現代心理學的話來說，要了解一個人的人格，不僅要看他在生活中所追求的目標（心之所安），而且還要看他追求這些目標時所使用的手段（所以，所由）。我們說：陳水扁是個「但求目的，不擇手段」的人，他生活中最重要的目的，就是追求自己及其「第一家庭」的榮華富貴，至於他的法律專業，或是他的政治主張，都祇不過是他達到這個目標的手段而已，僅只具有工具性價值，所以他會說過即忘，不會有任何的堅持。

陳水扁是台南縣官田鄉一個「三級貧戶」的佃農之子。爲了要「脫貧」，陳水扁在他的原生家庭裡培養出道德意識薄弱，以及「爲達目的，不擇手段」的人格特質。一個「但求目的，不擇手段」的人，通常都是道德意識薄弱的人。國家之首是人民道德的標竿，人民經常會用嚴厲的道德標準來檢驗國家元首的一言一行。陳水扁在就任總統之初，便已經顯現出，他是個道德意識十分薄弱的人。

二〇〇〇年政黨輪替後，陳水扁就任總統職位，唐飛受命組閣，新政府閣員名單公布不久之後，便爆發了新政府閣員涉嫌論文抄襲事件：新任國科會主委翁政義、教育部長曾志朗、公共工程會主委林能白，都涉嫌以其所指導學生之學位論文，向國科會申請補助研究獎勵費。案發之後，當事人對外表示，國科會規定：申請爲計畫主持人者必須要有一定資格，教授申請研究經費培養學生，交給國科會的「研究成果報告」只能由教授具名，發表論文則由教授和學生聯名。

道德概念十分薄弱

正當輿論爲新政府閣員涉嫌抄襲事件鬧得沸沸揚揚之際，六月十日，陳水扁應邀到中興大學參加畢業典禮，並現身說法，對吳淑珍母校的師生述說「阿扁與阿珍」眞實版的故事。阿扁得意洋洋地對台下的師生透露：阿珍從地政系畢業時，要交畢業論文，但是她把老師教的東西都忘得差不多，只好把這個工作交給他。他一邊準備考試，一邊爲她蒐集資料、打草稿，論文寫好請她照抄一遍。結果發現她連抄都不用心，一邊抄，一邊講話，阿扁還補了一句：「她很喜歡講話。」

他說，阿珍連參考書目中的三本都講不出來，因爲書目太多，不曉得講哪一本。可是，最後她論文的分數聽說是「有史以來最高的」。台下師生大聲鼓掌，阿扁更得意地說：「非常抱歉，作弊追究的期限已經過了。」

任何一個學術研究人員都非常了解：論文抄襲是嚴重違反學術倫理之事。尤其是教育部長和國科會主委涉嫌抄襲，更有徹底追究的必要。然而，新任總統的陳水扁不僅沒有這樣的概念，反倒拿自己爲女友捉刀撰寫論文的故事，來爲其閣員解套，結果新政府閣員涉嫌抄襲的案件也就不了了之。這個案件的發展經過讓我們清楚地看出：陳水扁是個道德概念十分薄弱的人。

精通法律，工於算計

其實不僅陳水扁本人缺乏道德意識，整個民進黨執政團隊的道德意識也都十分薄弱。對民進黨歷史稍有了解的人大多明白：陳水扁執政團隊的核心，主要是由美麗島辯護律師團所組成的。一九七〇年代，許多黨外運動的前輩在第一線衝鋒陷陣，這些律師們則在後面提供必要的法律支援。這些律師們大都精通法條，在和國民黨進行鬥爭的時候，又培養出「鑽法律條文漏洞」的習慣。

大體而言，黨外運動的前輩大多是滿懷理想性格的血性漢子，而美麗島律師則大多是工於算計的政治人物。民進黨成立之後，這些學驗俱豐的律師便由幕後走向台前，出來「割稻仔尾」。經由一次次的內部鬥爭，許多黨外運動的前輩或者抑鬱以終、或者脫黨出走，成爲「流浪黨主席」，民進黨的權力也逐漸掌握在這批「但求目的，不擇手段」的政客手裡。

二〇〇〇年，民進黨以「清廉、勤政、愛鄉土」的口號贏得了政權。陳水扁就任總統職位後不久，揚言：「尹清楓命案，即使動搖國本，也要辦到底！」讓很多人對他充滿了期待，以爲律師出身的陳水扁，應當會拿出鐵腕，來終結國民黨的黑金政治。

然而，陳水扁第一任期的四年很快就過去了，人們發現：民進黨不僅對國家的經濟發展拿不出具體有效的政策，甚至對完全可以操之在我的掃除黑金，也同樣是毫無作爲。後來的歷史發展顯示：在陳水扁第一任期的最後一、兩年，不僅陳水扁的家族和他的親信涉入一連串的弊案，連民進黨政府的許多高官也上行下效，開始利用職權牟利。

在二〇〇四年總統大選之前，民進黨高官捲入的大多數貪汙弊案都還沒有浮上檯面。在那次總統大選期間，陳水扁把他「只會選舉，不會治國」的政治性格發揮得淋漓盡致；他不斷地抛出「一邊一國」、「兩邊三國」的議題，將「美／中／台」之間的三角關係搞得緊張萬分。同時又透過民進黨的動員系統，發動「百萬人牽手護台灣」的大規模造勢活動，以凝聚其支持者的向心力，並拉近他和競選對手之間支持率的差距。及至三一九槍擊案發生，整個選情終於宣告「翻盤」，陳水扁和他的副手以些微的差距，再度贏得了選舉！

巧於利用法律保護自己

三一九槍擊案件的發生，引起藍軍支持者長期而且大規模的群眾抗議活動。在應付藍軍支持者的過程中，陳水扁將他善於利用法條來保護自己的「律師性格」發揮得淋漓盡致。藍軍支持者認為：槍擊案發生的過程中疑雲重重，必須由總統發布緊急命令，成立「真相調查委員會」，查明真相。二〇〇四年三月二十三日，陳水扁邀請五院院長共商國是，並對他們表示：除非國家有重大事故，像九二一大地震，才要頒布緊急命令。尤其他也是當事人之一，甚至是被懷疑的當事者，由他來頒布緊急命令，進行調查，是不是會讓問題更加複雜？

陳水扁不願頒布緊急命令，藍軍立委只好退而求其次，主張在立法院制定特別法，成立「總統槍擊事件調查委員會」，法務部長卻以書面提供民進黨團研析意見，表示：依憲法第八十條規定，法官依據法律獨立審判，不受任何干涉。而「法院組織法」及「司法人員人事條例」都明確界定我國檢察機關是司法機關，獨立辦案的規定也可適用。如由立法院制定特別法，再成立「調查委員會」，不僅公然干預憲法保障司法獨立，也侵犯監察院調查權，是「雙重違憲行爲」。

在野黨努力要推動成立「眞相調查委員會」，陳水扁乾脆先下手爲強，在七月五日邀請五院院長茶敘，宣布成立「三一九槍擊案調查委員會」，由監察院長錢復正式接受擔任主席，並由總統府秘書長蘇貞昌在會後召開記者會表示：該委員會定位爲「體制外監督機構」，不具指揮調查權。問題是：特調會要發揮功效，關鍵在於是否擁有實際調查權，否則只是「無牙老虎」，中看不中用。陳水扁搶先成立「眞調會」，卻又不賦予實質調查權，只不過是想藉錢復的關係，堵住各界的悠悠之口而已。

善於鑽研法律漏洞

八月廿八日，刑事鑑定專家李昌鈺在紐約召開記者會，公布他對三一九槍擊案鑑定報告的主要內容，並再度表示：這項槍擊案「不是政治謀殺」，因爲政治謀殺不會使用改造手槍，而是使用火力更強大的槍枝。

九月五日，民進黨「三寶立委」之一的蔡啓芳召開記者會指出：三一九槍擊案有四大可能：謀殺、情殺、財殺，和自導自演。政治謀殺已經被李昌鈺排除，感情糾紛不可能，因爲扁嫂盯得很緊；財務糾紛，阿扁從政以來不曾聽說；最後，就只剩下「自導自演」一種可能。

他說：「泛藍指控我們自導自演，但是，就算槍擊案是民進黨自導自演，我們的選罷法有規定說自導自演就選舉無效嗎？有這條嗎？也沒有呀！」他說：「如果有本事自導自演，那當選也是我們的本事！」「無你麥安那？」

陳水扁處理真調會的方式，充分表現出美麗島律師善於鑽法律漏洞的本事，而蔡啓芳這番話，則爲民進黨的「痞子性格」作了最好的註腳。在民進黨人看來，法律是可以任意解釋的。只要能夠贏得選票，只要有選票證明選民支持我，法律我愛怎麼解釋，就可以怎麼解釋，「無你麥安那？」

三一九槍擊案件發生，陳水扁在「兩顆子彈」的疑雲中再度當選總統，國內政局動盪不安。扁政府爲了解決「兩顆子彈」事件所作的各項施政措施，跟陳水扁以前的政治主張顯現出很明顯的差距，也表現出陳水扁「只求目的，不擇手段」的性格。其中最引人議的是「六一〇八億軍購案件」。在三一九槍擊案所引起的政潮稍爲止息之後，行政院隨即編列六千一百零八億的「特別預算」，要以國營事業釋股九百四十億，出售國有土地一千億，以及舉債支應四千二百億的方式，購買潛艦、反潛機和愛國者飛彈三項武器。

依照我國預算法第八十三條規定：「只有在下列情事之一時，行政院才可以在年度總預算之外，提出特別預算：一、國防緊急設施或戰爭。二、國家經濟重大變故。三、重大災變。四、不定期或數年一次之重大政事。」一九九三年，我國編列一百五十億的特別預算，向美國採購F十六及幻象兩千戰機，當時中央政府未償債務餘爲六千七百億元，擔任立法委員陳水扁即提案，堅決反對政府編列「特別預算」採購高性能戰機，認爲這種作法「不符預算體制」，「將引發財政危機，導致政府破產」，並聲請大法官釋憲。

到了二〇〇四年，我國並未發生預算法第八十三條所列的各種情況，而且中央政府未償債務餘額已逼近三・九兆元，加上地方債務及隱藏性債務，包括向金融機構的借款，政府債務總額已超過十二兆元。台灣人民包括新生嬰兒在內，平均每個人要負擔五十二萬的債務。這筆非法的「軍購特別預算」如果通過，平均每個人要增加將近兩萬元的債務！

公然撒謊還神色自若

陳水扁出任總統之後，吳淑珍肆無忌憚地指揮陳水扁的親信，在總統府內「喬」事情，萬一出了事情，再由陳水扁出面處理善後。上行下效的結果，便塑造出民進黨執政時期以第一家庭作爲核心的貪腐文化。在二〇〇四年總統大選期間，已經爆發出總統府內的炒股案，以及扁嫂吳淑珍收受陳由豪政治獻金案。到了二〇〇五年，在媒體名嘴和藍軍立委的聯合炒作之下，陳水扁家族及其親信捲入的貪瀆弊案，更是一樁又一樁地被揭掀開來，包括高捷弊案、梁柏薰司法黃牛案、SOGO禮券及經營權案、開發金案、ETC案、二次金改案、台開內線交易案等等。

陳水扁應付這些案件的方式，充分表現出他「但求目的，不擇手段」，善於玩弄法律的「律師性格」。他對SOGO案的處理方式，最能夠說明這一點：二〇〇六年四月初，當媒體傳出：吳淑珍曾介入SOGO經營權之爭，並收受數十萬元SOGO禮券，到SOGO百貨公司消費。總統府立刻對外慎重表示：「總統及夫人包括第一家庭成員，從未收受李恆隆、章民強、徐旭東或陳哲男等任何一人所贈送的SOGO禮券。」「如第一家庭成員中有任何一人曾收受上述之SOGO禮券，總統表示他願辭職下台以示負責。」

四月十三日，總統府透過公共事務室發出正式新聞稿，表示「夫人所使用之禮券皆為若干友人邀集共同購買，因使用禮券可享有購物之優惠，絕無外界影射收受禮券乙節。」然而，媒體立刻質疑：吳淑珍自己買禮券。不論任何時間、任何數量，都可以打九折，何必找友人集資合購？

民進黨主席游錫堃因此對外表示總統府日前告訴他：「吳淑珍曾收過十萬元禮券，是外孫的滿月禮。」至於為什麼與府方先前說法完全不同，總統府表示，「不予回應」。黨中央則說，以府的說法為主。然而，檢調在偵辦SOGO案時，發現李恆隆曾經送SOGO禮券給黃芳彥、陳哲男，送黃芳彥的金額有一百萬之多。檢調也發現，吳淑珍每次到SOGO購物時，她光顧的專櫃都正巧收到李恆隆送出的禮券，且消費金額總計有上百萬元之譜。同時，總統夫人好友李碧君已透過律師承認，曾在總統官邸取得數百萬的SOGO禮券並予轉售。

六月二十日，陳水扁利用「向人民報告」的時機，一一撇清諸多弊案疑雲，從SOGO百貨經營權、台開案、四大金控合併案、台灣高鐵、ETC案，就連台肥人事案一路細數，強調絕無涉入相關弊案。

他強調，第一家庭沒有直接拿李恆隆等四人的禮券，沒有介入經營權之爭，關心SOGO百貨公司，是因為政府關心銀行債權是否能保障，私人公司要賣給誰，他們並不會干涉，和他們無關。到了九月六日，陳水扁總統在帛琉與媒體茶敘時，終於承認：第一家庭消費的禮券，「除了自己購買，其中小部分是黃芳彥醫師拿過李恆隆姊姊的禮券，這是患者答謝醫生，包括轉送給女兒的滿月禮，或孩子、孫子他們的過年紅包，因為這樣才會用到。」

翻來覆去都有一套理

陳水扁口才便給，再加上道德意識薄弱，他在為自己辯護時，不管自己的說法是否前後一致，也不管自己說的內容是否符合常識，他總是神色自若，信心十足，讓人對他產生「說謊不打草稿」的印象。我們可以再用「國務機要費案」中的一個故事爲例，說明陳水扁善於撒謊的本事：二〇〇五年六月十三日，陳致中訂婚前五天，吳淑珍在Tiffany中山店買了一枚一百三十二萬元的鑽戒，其中二十七萬六千元用SOGO禮券支付，禮券發票再拿去報「國務機要費」。

「國務機要費」案爆發之後，陳水扁第一次接受檢察官陳瑞仁訊問時，否認曾以「機要費」買首飾等送給吳淑珍。第二次訊問，陳瑞仁以鑽戒戒圍的證據再次詢問陳水扁，陳即改口他曾買鑽戒餽贈給吳淑珍。十一月七日上午十一時，媒體詢問有關「機要費」核銷發票中出現鑽戒一事，總統府官員以匿名方式重申，「機要費」未曾用於購買鑽戒。

當日中午十二時半，總統府公共事務室主任李南陽表示，那只鑽戒最後送給了吳淑珍的媽媽吳王霞。不到三個小時，總統府又改稱鑽戒是吳淑珍代表陳水扁出訪時，接受外國總統贈予的，吳返台後就把鑽戒轉贈給吳王霞。

晚間七時，總統府又主動向媒體表示，由於資訊不夠明確，需要「修正」用語，改口稱陳水扁確實餽贈吳淑珍鑽戒，後轉送給吳王霞。但深夜十一點，總統府公共事務室突然以簡訊告知記者，稱之前「送珍媽」的說法，「轉述前未經查證，有待確認」。

十一月八日，總統府副秘書長劉世芳不得不出面，稱報銷的「機要費」都用在公務及相關「秘密外交」方面，請媒體「回到正軌」，不要再將焦點轉移到個案上。

「一張嘴巴兩張皮，翻來覆去都有理」，在第一家庭及陳水扁親信涉入的貪瀆案件陸續曝光的過程中，諸如此類的例子可以說是多得不勝枚舉。在西方倫理學中，「不得撒謊」和「不得殺人」或「不得偷竊」一樣，都稱爲「消極義務」。由於它只是要求個人「不作爲」而已，不像「助人行善」或「見義勇爲」那樣要求個人做出積極行動，因此具有強制性，任何人故意違反「消極義務」，都會被視爲邪惡，而受到嚴厲譴責。政治人物一旦做出違反「消極義務」的行爲，更是非下台不可。可是，陳水扁非常了解：只要他敢於用統獨對立的意識形態來挑激起台灣內部的族群對立，不管他是如何的「睜著眼睛說瞎話」，總是有一批深綠的群眾會翼護著他。

處心積慮挑激族群關係

聯電董事長曹興誠在媒體上刊登廣告，呼籲藍綠總統候選人以「統一公投」作爲主要機制，共同推動「兩岸和平共處法」。曹氏的提案包含兩個主要論點：一、中華民國是一個主權獨立的國家，不必再宣布獨立；二、中華民國不排斥與大陸統一，惟統一必須通過「統一公投」，亦即經兩千三百萬人共同決定。

客觀而言，這樣的主張不僅是維持海峽兩岸現狀的上上之策，而且跟民進黨一九九九年通過的「台灣前途決議文」精神完全相符。「台灣前途決議文」的第一條主張：「台灣是一個主權獨立的國家」，並說明「依目前憲法稱爲中華民國」，「與中華人民共和國互不隸屬」，當然不必再宣布獨立，也不必舉行什麼「獨立公投」。至於「決議文」中所說「任何有關獨立現狀的更動，必須經由台灣全體住民以公民投票的方式決定」，當然是指「與大陸統一的公投」。從這個角度來看，曹氏所提方案，不過是「台灣前途決議文」的具體落實而已，根本不足爲奇。

出人意料之外的是，針對曹氏的提案，陳水扁不僅惡言相向，公開痛罵他是「生意人操弄政治」，「假和平之名，行反獨促統之實」，「連天上的媽祖都不會原諒」；而且還振振有詞地批評：「只有統一公投，卻不容許獨立公投，絕非眞正的民主！」

對民進黨歷史稍有了解的人，對陳水扁的反應大多會感到訝異。一九八八年，民進黨對「台灣主權獨立」及「住民自決同意論」作出政策聲明。該案經陳水扁居間協調並提議，將「如果國共片面和談、如果國民黨出賣台灣人民之利益、如果中共統一台灣、如果國民黨不實施眞正之民主憲政」等「四個如果」加入決議文，做爲民進黨主張台灣獨立的前提，讓民進黨有關維護台灣主權獨立的論述，有了更寬廣的辯證空間。

一九九一年，民進黨擬修改黨綱明訂以建國爲政黨努力目標，陳水扁建議於程序上增加一項前提：「基於國民主權原理，應交由台灣全體住民以公民投票方式選擇決定。」民進黨「台獨黨綱」因而修正爲「公投黨綱」，在在顯示陳水扁「理性務實」的律師性格。

換句話說，曹氏的主張不僅符合「台灣前途決議文」的精神，而且也符合陳水扁早年的政治主張。曹興誠因此再刊登廣告說明：他和「台灣前途決議文」所說的「獨立」，是「實質獨立」（de facto independence），認爲兩岸的現狀是大陸管不到台灣，中華民國是一個「實質獨立」的主權國家。而陳水扁所說的「獨立」，則是指「法理獨立」（de jure independence），希望聯合國以及世界主要國家不僅在口頭上，而且在官方文件上，都承認台灣跟大陸是各自獨立的國家。依照中共「反分裂國家法」第八條，台灣一旦宣布「法理台獨」，兩岸必將開戰。在這種情況下，台灣必須有能力徹底打敗大陸，叫大陸徹底認輸、簽約投降，才能把台灣永遠割讓給「台灣共和國」。如果做不到這一點，請問陳水扁先生有什麼錦囊妙計，可以用和平方法達成「法理台獨」？

對於判定「陳水扁路線」的屬性，這是個十分緊要的問題。然而，陳水扁對曹氏的提問不但避而不答，反倒用他一貫的抹黑手法，痛罵曹氏的主張是「投降法」、「被統一法」，希望他「不要再反對入聯公投，也不要再反對返聯公投」，因爲民進黨提案以台灣名義加入聯合國，「明年投票看看就知道！」

陳水扁對曹興誠提問的反應，說明他不僅背叛了民進黨「台灣前途決議文」的精神，而且也違背了他自己早年的政治理想。依照「台灣前途決議文」的構想，民進黨人執政之後，應當致力於國家發展，面對現實，解決國家所面臨的各項問題，而不應當在無意義的「統獨爭議」上作文章。然而，陳水扁就任總統職位之後，根本是反其道而行，他除了一心一意謀求自己家族的榮華富貴之外，便是用盡心機挑激台灣內部的族群關係。

儼然是大福佬沙文主義

當陳水扁家族和親信捲入的貪瀆弊案一樁又一樁地被掀揭開來，藍軍又無法用體制內的方法逼他下台，結果演變成百萬紅衫軍上街頭抗議的歷史事件。面對排山倒海而來的紅衫軍，民進黨再度利用民粹手法，喊出「中國人糟蹋台灣人」的口號，挑激起強烈的族群對立，使一場台灣歷史上空前的群眾運動煙消雲散，也成功地化解了民進黨創黨以來最大的危機。

陳水扁的基本意識形態是工具性的「大福佬沙文主義」。他十分明白：凝聚其支持者向心力的最佳方法，便是在自己所屬的群體之外找一個攻擊對象，大加撻伐。他在台灣社會中找到的對立群體是「外省人」。馬英九以「外省人第二代」的身分，有意問鼎總統大位，當然成爲他念茲在茲的首要攻擊對象。愈是逼近選舉期間，他的攻擊傾向也愈明顯。

十月二十八日，陳水扁在桃園縣助選時表示，馬英九口口聲稱「愛台灣」，卻反對以台灣名義入聯公投，他認爲馬英九欺騙台灣人，「其實，他心中故鄉在中國。」他質疑馬英九父親馬鶴凌的墓誌銘刻印：「反獨漸統、振興中國、邁向一統」等字句，爲何在馬鶴凌的骨灰罈上，沒有台灣兩字？應該寫「振興台灣」，卻只寫「振興中國」？難怪他要以中華民國名義返聯。

馬英九辦公室發言人羅智強則強調，馬父骨灰罈上的文字是「化獨漸統、振興中國、邁向一統」，況且「馬老先生的意見不代表馬英九的意見」。對於台灣未來的前途，馬認爲應由二千三百萬人民來決定，在此之前，馬認爲應維持現狀，希望扁不要再扭曲。

「打馬」、「打老芋仔」其實只不過是陳水扁「重要施政」的一部分。長久以來，他一直就處心積慮地致力於「去中國化」，尤其是發生「三一九槍擊案件」他再次當選總統之後，陳水扁更是一心一意地搞所謂的「轉型正義」。

在陳水扁的心目中，「去蔣」是「轉型正義」的第一要務。在拆換「大中至正」牌匾事件搞得如火如荼的時候，蔣家媳婦方智怡公開要求將兩蔣靈柩歸葬故鄉，陳水扁立刻抓住機會，大加撻伐。

十二月廿六日，他在高雄縣輔選時，痛批蔣家對移靈一事態度反覆。陳水扁指出，蔣介石是世界排名第四的獨裁者，殺人逾千萬，台灣蓋廟拜他，根本是對民主的汙辱。當初兩蔣逝世，以國葬辦理，他上任後，也尊重兩蔣及蔣家，將蔣家事視爲國事，即使國葬不應辦第二次，仍視兩蔣移靈爲國葬，但蔣家對移靈一事卻變來變去。

陳水扁說，二〇〇四年，蔣家希望兩蔣移靈至台北縣五指山國軍公墓，國家浪費三千萬元完成新墓園，後來又編列四千萬元遷葬預算，蔣家現在卻說不要了，還說兩蔣遺願是要回大陸安葬。

陳水扁抨擊，台灣人憨厚、惜情，對蔣家並未失禮，但是移靈一事反覆，根本把政府跟台灣人「裝肖仔」；兩個人「沒事躺在那裡」，台灣人還一年花七千多萬元幫兩蔣看守棺木，「活人都顧不了，還顧死人？」所以，明年一月一日起不派衛兵，乾脆都不要幫他們看守了。

陳水扁說，台灣人很對得起蔣家，他痛斥，「台灣、中國，一邊一國」，眞正的台灣人會與台灣共生死，蔣家移靈大陸，是「要去當中國人」。他因此呼籲民眾在立委選舉中「不要支持國民黨，別向中國靠攏」。

自作孽，不可活？

在二〇〇七年立委選舉期間，陳水扁不顧一切地挑撥族群關係，希望藉此獲得深綠選民的支持，其實卻引起了中間選民的強烈反感。元月十二日，立委選舉的結果，民進黨慘敗，在一一三席立委中，僅獲得二十七席。國民黨獲得八十一席，加上無黨籍的三席，已經超過四分之三。用陳水扁自己的話來說，這樣的國會結構，「神仙來也沒法度」了。

民進黨的選後檢討，大多把敗選原因歸咎於新的立委制度。誠然，這次民進黨在不分區立委選舉中，獲得三十六．九%的選票，如果我們的「單一選區兩票制」是採取「德國式聯立制」，民進黨應當可以分得四十席立委。可惜我們採取的是「日本式並立制」，所以才會導致民進黨的大敗。

然而，在二〇〇五年修憲時，民進黨爲了吃掉台聯，又因爲採行「單一選區」，「外省人」較難當選區域立委，可以確保「本土政權」，所以堅決主張採行「單一選區兩票制」的「日本式並立制」。國民黨認爲這樣的制度可以讓它併吞新黨和親民黨，也樂得隨聲附和。

民主行動聯盟鑑於這種制度設計不僅違反「票票等值」的民主原則，而且將使小黨和弱勢群體沒有絲毫的生存空間，因此打出「借錢救民主」的口號，由幾位學者聯名，向銀行貸款一千五百萬，並推出一百五十人，參加那一次的任務型國代選舉，全力主張：立委席次應爲二百人，並採行「德國式聯立制」。

民進黨爲了推動修憲，一方面炮製出一系列的民粹式口號，說什麼「立委減半、國會不亂」，「修憲不成功，中國最高興」，「支持民進黨，不要讓台灣哭泣」；一方面請出民進黨的「神主牌」林義雄，帶領核四公投促進委員會，到立法院門口長期靜坐；同時又動員「諾貝爾獎大師」李遠哲出面加持；所有反對聲音都遭到封殺，整個台灣完全喪失理性辯論的空間。在國民黨的聯手護航之下，第七次修憲終於順利通過，達到「國會減半」的目的。

「天作孽，猶可違；自作孽，不可活」，民進黨立委選舉的慘敗，根本是陳水扁時代以「大福佬沙文主義」刻意挑撥族群對立的結果。民進黨的慘敗象徵著台灣民粹主義的終結。陳水扁的後繼者看不出這樣的時代趨勢，爲了獲取選舉利益，仍然想利用統獨議題來操作族群對立，不僅將貽害台灣，而且會害慘民進黨！

黃光國，台灣大學終身特聘教授、台大講座及國家講座教授，美國夏威夷大學社會心理學博士，目前任教於台灣大學心理系。

Canon 15

哭泣的台灣——看民進黨執政八年

作　者　南方朔等
主　編　陳國祥
總 編 輯　初安民
責任編輯　施淑清
美術編輯　許秋山
校　對　吳美滿　陳國祥

發 行 人　張書銘
出　版　INK印刻出版有限公司
台北縣中和市中正路800號13樓之3
電話：02-22281626
傳真：02-22281598
e-mail:ink.book@msa.hinet.net
網　址　舒讀網http://www.sudu.cc

法律顧問　漢廷法律事務所
劉大正律師
總 代 理　展智文化事業股份有限公司
電話：02-22533362・22535856
傳真：02-22518350
郵政劃撥　19000691 成陽出版股份有限公司
印　刷　海王印刷事業股份有限公司

出版日期　2008年2月　初版
2008年3月12日　初版九刷
ISBN 978-986-6873-69-0
定價　280元

國家圖書館出版品預行編目資料

哭泣的台灣：看民進黨執政八年／南方朔等 著.
--初版，--臺北縣中和市：INK印刻，2008.2 面； 公分--（Canon;15）

ISBN 978-986-6873-69-0（平裝）

573.07　　97001238

INK INK INK INK INK INK
NK INK INK INK INK INK IN
INK INK INK INK INK INK
NK INK INK INK INK INK IN
INK INK INK INK INK INK
NK INK INK INK INK INK IN
INK INK INK INK INK INK
NK INK INK INK INK INK IN
INK INK INK INK INK INK
NK INK INK INK INK INK IN
INK INK INK INK INK INK
NK INK INK INK INK INK IN
INK INK INK INK INK INK
NK INK INK INK INK INK IN
INK INK INK INK INK INK
NK INK INK INK INK INK IN
INK INK INK INK INK INK
NK INK INK INK INK INK IN
INK INK INK INK INK INK
NK INK INK INK INK INK IN
INK INK INK INK INK INK
NK INK INK INK INK INK IN
INK INK INK INK INK INK